CW00832037

La nuit a dévoré le monde

ROMANS

L'apiculture selon Samuel Beckett, Éditions de l'Olivier, 2013 ;
   Points, 2014
La Disparition de Paris et sa renaissance en Afrique, Éditions de
   l'Olivier, 2010 ; Points, 2011
Peut-être une histoire d'amour, Éditions de l'Olivier, 2008 ; Points,
   2009
On s'habitue aux fins du monde, Le Dilettante, 2005 ; J'ai lu, 2007
La libellule de ses huit ans, Le Dilettante, 2003 ; J'ai lu, 2004
Une parfaite journée parfaite, Éditions Mutine, 2002 ; Points, 2010
Comment je suis devenu stupide, Le Dilettante, 2000 ; J'ai lu, 2002

ESSAIS ET NOUVELLES

Manuel d'écriture et de survie, Éditions du Seuil, 2014
Nous avons des armes et nous ne savons pas nous en servir, avec
   Jakuta Alikavazovic, Nuit Myrtide, 2012
La mauvaise habitude d'être soi, avec Quentin Faucompré,
   Éditions de l'Olivier, 2010 ; Points, 2012
De la pluie, Ramsay, 2007 ; J'ai lu, 2011

BD

Le banc de touche, dessins Clément Fabre, éditions VRAOUM!, 2012

JEUNESSE

Le Zoo des légumes, avec Sandrine Bonini, L'école des loisirs, 2013
Plus tard, je serai moi, éditions du Rouergue, 2012
La bataille contre mon lit, avec Sandrine Bonini, Baron perché,
   2011
Le club des inadaptés, L'école des loisirs, 2010
Traité sur les miroirs pour faire apparaître les dragons, L'école
   des loisirs, 2009
Je suis un tremblement de terre, L'école des loisirs, 2009
Conversation avec un gâteau au chocolat, avec Aude Picault,
   L'école des loisirs, 2009
Le garçon de toutes les couleurs, L'école des loisirs, 2007

Martin
PAGE

(Pit Agarmen)

La nuit a dévoré
le monde

ROMAN

Nous sommes deux abîmes face à face.

Fernando PESSOA

Do yourself a favor : become your own savior
And don't let the sun go down on your grievances.

Daniel JOHNSTON

8 mars

Tout a commencé le 1ᵉʳ mars dernier. Je me trouvais à une soirée à Pigalle où, excepté Stella, la maîtresse des lieux, je ne connaissais personne. Je traînais entre les invités et les petites tables pleines de boissons et d'amuse-gueules. L'endroit était idéal pour une crise d'agoraphobie. L'appartement aurait pu remplir les pages d'un magazine de décoration : radiateurs en fonte, parquet en chêne, tableaux contemporains et affiches originales de groupes de rock des années soixante-dix, collection de vinyles de Bach, bibliothèques sur la plupart des murs, petites statues en verre coloré aux formes phalliques. Des stickers d'associations humanitaires et de sodas couvraient les murs des toilettes. Tout y était de bon goût et équilibré, entre classicisme et pop culture.

Stella était pianiste. Je l'avais rencontrée à l'époque où j'écrivais des scénarios pour le soap-opéra télévisuel (je publierais mon premier roman des années plus tard) qui m'avait permis de surnager un moment, *L'Amour à répétition*. Elle était mariée au producteur de la série. Depuis que Noémie m'avait quitté, je m'étais laissé aller à imaginer que quelque chose pourrait se passer entre nous. Nous avions sympathisé lors d'un cocktail. C'était une jeune femme typique de la bourgeoisie parisienne, fascinée par les décadents et les fascistes, mais de gauche, de toutes les manifestations, de tous les combats. Elle avait la capacité d'aller vers les autres sans trébucher, et de s'entendre avec n'importe qui. Nous allions voir des expos et de vieux films, nous furetions chez les libraires en quête de livres de poésie (que je lisais les larmes aux yeux dans mon lit en buvant du bourbon). Ça avait tout d'une relation amoureuse, sauf que nous ne couchions pas ensemble. Sa compagnie me permettait de me réhabituer à une présence féminine. Stella ne me jugeait pas parce que j'étais pauvre, simplement la question d'une relation avec moi ne lui avait jamais effleuré l'esprit. Je ne lui en voulais pas. Après tout, je n'étais pas encore guéri de ma dernière histoire d'amour avec une fille qui m'avait quitté pour un homme auprès duquel elle n'avait trouvé qu'ennui et matchs de foot télévisés.

Le nouveau disque de Stella sortait (une interprétation des *Variations Goldberg* en duo avec un joueur de thérémine), et elle avait voulu fêter ça avec ses soixante-douze meilleurs amis.

C'était un autre monde que le mien. Des quintaux de types et de filles élégants, capables de rire un verre de vin à la main en se faisant croire qu'ils sont du côté du peuple. Ils avaient l'air de bonne compagnie, mais je savais ce qu'il en était : c'étaient des tueurs, des arrivistes socio-démocrates, des bulldozers sentimentaux tout en haut de la chaîne alimentaire. En comparaison, j'étais un doux naïf. Mais je m'en moquais. Mon énergie passait dans l'écriture, dans ces vingt-quatre livres qui ont pris la poussière sur les rayonnages des arrière-boutiques des librairies d'occasion – mais qui sont chéris par des femmes de tous âges, inquiètes et perdues, qui croient encore que le vrai amour existe.

J'avais cherché des alliés à cette fête, en vain. Un type de mon âge m'avait semblé un complice potentiel : assis, seul, perdu dans ses pensées, un verre posé devant lui. Il portait une cravate mauve en polyester, des favoris, des lunettes trop petites en métal. J'avais engagé la conversation en lui parlant de la liste des chanteurs morts dans l'année publiée par le *New York Times*. Mais il m'avait ignoré, je ne représentais qu'une tache sur ses lunettes. Puis j'ai porté mes espoirs sur un couple timide coincé derrière le piano à queue dont le vernis était si impeccable que l'on se voyait dedans. Mais leurs idées auraient pu remporter les olympiades du consensus. De petits groupes s'étaient formés comme si les morceaux de ferraille dans le cœur des hommes et des femmes les avaient aimantés. De petites galaxies sociales de trois, quatre, six ou sept planètes. Et je restais seul, mon verre de porto à la main. Bien sûr, j'aurais pu me saouler et m'intégrer à un de ces groupes. Mais ça aurait été abdiquer. J'ai préféré m'exiler dans la petite bibliothèque au fond de l'appartement, une bouteille d'un vieux whisky sous le bras.

Les invités avaient entassé leurs manteaux sur le canapé et leurs sacs par terre. La bibliothèque me rappelait que si Stella avait un goût déplorable dans le choix de ses amis, en revanche nous partagions les mêmes engouements littéraires. Ce n'était pas la bibliothèque principale, mais l'annexe. On y trouvait de la science-fiction, des dictionnaires, des livres d'entomologie et, surprise, la collection complète de mes vingt-quatre romans. Joie et orgueil de voir *Antoine Verney* imprimé sur la tranche. J'en ai ouvert quelques-uns. Ils n'avaient pas été lus : pas de pages cornées, pas de traces de pliures sur les reliures. Ils étaient immaculés. Chaque exemplaire avait été dédicacé, mais ni *Rougir pour le plaisir*, ni *L'Amour commotion*, ni aucun autre de mes livres, ne portaient une des classiques marques qui pourraient indiquer qu'ils avaient été lus. Stella avait ignoré mes romans. Elle n'avait sans doute même pas lu mes dédicaces chargées d'ambiguïté sexuelle.

Je me suis assis sur la montagne de manteaux, et j'ai bu. J'ai bu comme jamais. Chaque gorgée devait me laver de toutes les saloperies de ces dernières années : la rupture, la pauvreté, l'isolement social, l'absence de reconnaissance. Chaque verre devait me guérir.

Je me suis réveillé huit heures plus tard. Le jour commençait à se lever, matin de la fin d'hiver, bleu et lumineux. Des étourneaux passaient dans le cadre de la fenêtre qui donnait sur une minuscule cour intérieure (dont la seule fonction était d'accueillir des conduits d'aération et des tuyaux d'évacuation des eaux de pluie). Le lierre des murs gris montait jusqu'au toit.

Je n'entendais plus les conversations. Mais les manteaux des invités reposaient toujours sur le canapé. C'était étrange. Je me suis imaginé que Stella et ses amis devaient jouer à quelque jeu mondain et silencieux. Ou bien un poète anorexique murmurait sa dernière œuvre sur le désert de son cœur. Il était huit heures, et j'avais une méchante gueule de bois. Un vague brouhaha me parvenait, mais ça venait de l'extérieur.

Non sans inquiétude devant le spectacle désolant que je m'attendais à découvrir, je me suis dirigé vers le salon en me tenant au mur. Je n'étais pas frais. J'ai lissé mes cheveux, défroissé ma chemise avec le plat de la main, vérifié mon haleine (pas terrible).

Il y avait une drôle d'odeur. Ce n'était pas l'habituel mélange marijuana, tabac, parfum, sueur, vin. J'ai éternué au moment où j'entrais dans le salon. Le rouge couvrait tout. J'ai porté mon regard sur le sol, les murs : du rouge, du rouge, du rouge. Je ne comprenais pas. J'étais hébété, perplexe, perdu. La réalité de ce que je voyais n'a pas tardé à me sauter au visage : c'était du sang. À son odeur se mêlaient des relents d'excréments et de sucs gastriques.

J'ai vomi. Et quand je me suis rendu compte que j'avais vomi sur un corps sans tête, j'ai vomi davantage encore, comme si je voulais me débarrasser de mes organes internes, me faire disparaître en me dévidant.

Je me suis écarté. J'ai toussé pendant plusieurs secondes. J'ai rouvert les yeux. Mes pieds trempaient dans le sang. Un gong explosa dans mes tempes. Mes oreilles se sont mises à siffler. J'avais l'impression d'avoir la tête sous l'eau, les tympans prêts à exploser.

Un massacre avait eu lieu. Bien plus d'une personne avait été assassinée, c'était certain, et pourtant, il n'y avait pas d'autres cadavres. Pourquoi la police n'était-elle pas là ? Je me raccrochais à l'illogisme de la situation pour ne pas sombrer dans une crise de terreur. Quelque chose clochait. Ça n'avait pas de sens. Il y avait eu une hécatombe, mais on avait enlevé les corps. Mon cerveau s'est mis en marche. J'ai analysé. Je pensais pour

13

ne pas m'écrouler. Je pensais comme on serre la rambarde d'un bateau : pour ne pas être emporté par une vague monstrueuse.

On avait lutté dans le salon, la cuisine et le couloir. J'apercevais l'entrée de la salle de bains, et le carrelage était rouge. De sanglantes empreintes de doigts et de mains couvraient les murs du salon et les portes, les affiches, les touches blanches du piano, les objets d'art, les livres, comme l'œuvre d'un décorateur sous l'emprise du LSD.

Il y avait des cheveux mélangés au sang et, me semblait-il, des morceaux de peau et de chair. Des couteaux traînaient au sol, des verres cassés, des bouteilles brisées qui avaient servi d'armes. Pour attaquer ? Se défendre ?

Mon premier réflexe, pur instinct, a été de vérifier si la porte d'entrée était bien fermée. Elle ne l'était pas. J'ai mis la chaîne de sécurité. Le cœur battant, armé d'un long couteau de cuisine, j'ai vérifié toutes les pièces. Il n'y avait personne.

Je me suis dirigé vers la porte-fenêtre qui donnait sur le balcon. Le sang avait commencé à sécher, les semelles de mes chaussures collaient quand elles quittaient le sol. Je me concentrais sur le jour qui se levait, les toits des immeubles de Montmartre, les pales du Moulin-Rouge qui répondaient à celles du moulin de la Galette.

J'ai ouvert la porte-fenêtre pour respirer de l'air frais, trouver un peu de répit. Mes oreilles se sont débouchées d'un coup, comme s'il y avait eu un brusque changement de pression. C'est alors que j'ai compris que le double vitrage et ma surdité temporaire m'avaient protégé de la véritable horreur.

Sirènes, klaxons, hurlements, coups de feu. Et des cris de terreur qui déchiraient l'air.

Je me suis avancé sur le balcon avec précaution. Des gens couraient. Le boulevard Clichy était plein de voitures accidentées. Entre ces voitures, des hommes mangeaient d'autres hommes. Ils leur arrachaient des bouts de chair avec les dents, ils les démembraient et plongeaient leurs doigts dans leurs entrailles. *Ils les dévoraient.*

C'était une douce et ensoleillée aube d'un hiver finissant, j'avais une gueule de bois et des gens se massacraient sous mes yeux. Beaucoup de gens. Des hélicoptères passaient dans le ciel, comme si nous étions en état de guerre. Une voiture de police s'était garée en dérapant, des flics en étaient descendus et avaient tiré sur les agresseurs. Mais leurs balles ne les avaient pas arrêtés. L'odeur de la poudre montait jusqu'à moi et me piquait le nez comme du poivre.

Je distinguais ceux qui voulaient fuir et ceux qui voulaient les attraper. Il y avait deux camps distincts.

Vous êtes sur un balcon et vous vous rendez compte que vous assistez à un film d'horreur. Mais réel cette fois. Tous les films que vous avez vus vous reviennent en mémoire et vous comprenez que ce n'est pas un rêve et que la terreur est enfin au grand jour : des zombies sont en bas de chez vous. Des zombies. Il n'y avait pas à tergiverser. Dès ces premières secondes, j'ai su que ce n'étaient pas des psychopathes ou des terroristes, mais des créatures d'une tout autre nature. Comment appelle-t-on des êtres qui ne s'arrêtent pas après avoir pris une dizaine de balles dans le corps et qui confondent les gens avec des sandwiches ? La réponse est évidente. Je ne suis pas du genre à me voiler la face. J'ai une devise depuis l'enfance : quand on pense au pire, on a souvent raison.

Je n'ai pas paniqué. C'était trop effroyable pour que je panique. On panique pour des choses connues, une araignée, un examen, une fille qui se met en tête de vous faire découvrir les joies de l'orgasme prostatique dès le premier rendez-vous. Mais là c'était sidérant. Le réel outragé clouait ma raison. Je n'avais que deux choix : soit basculer dans la folie, soit garder mon calme et m'en sortir. La folie aurait été un choix plus raisonnable.

J'ai refermé la porte-fenêtre, les cris et les coups de feu m'empêchaient de penser. Le double vitrage étouffa en partie le bruit. J'ai composé le numéro des urgences. Le téléphone ne fonctionnait pas. J'ai quand même composé le numéro de mes parents, puis celui de Noémie. Sans succès. Tout le monde devait être en train d'appeler les pompiers et la police. J'ai fouillé les placards à la recherche d'armes. Même si les flics n'arrivaient à rien avec leurs propres flingues, ça me semblait la seule chose rationnelle à faire. Mes chaussures adhéraient au sang et faisaient un bruit terrible à chaque pas. J'évitais de regarder. J'étais concentré sur l'unique tâche de ma survie. Vu comme ça se passait dans la rue, c'était mal parti.

Il y avait deux Holland & Holland au fond de la penderie.

J'ai jeté une couverture sur la table du salon couverte de sang, et j'y ai posé les fusils et trois boîtes de cartouches. Je n'avais pas la dextérité pour recharger rapidement après chaque coup tiré. Il me fallait d'autres armes. J'ai vidé les placards, ouvert les tiroirs, renversé les boîtes à chaussures, et trouvé quantité de cocaïne et d'ecstasy, des papiers financiers, des carnets de chèques, des liasses de billets, mais pas d'armes. J'ai fracturé le tiroir du bureau. Enfin : un revolver automatique.

Il m'en fallait plus. J'étais pris d'une frénésie d'armes. Je voulais un arsenal. Je suis allé dans la cuisine. Le sang sur le carrelage blanc transformait la pièce en patinoire, j'ai manqué tomber à plusieurs reprises. Couteaux, hachoirs, un aérosol et un briquet sont allés rejoindre la table du salon. Je m'étonnais de ma capacité de réaction. Mais c'était absurde. Cette accumulation d'armes n'avait pas de sens. Je n'allais pas me défendre avec un hachoir contre une foule de zombies. Les seules armes qui pourraient avoir une utilité effective seraient une bombe, des grenades, une mitraillette. Des armes de guerre, pas des armes de chasse et des ustensiles de cuisine.

Je suis retourné sur le balcon. D'autres policiers avaient fait leur apparition. Ils tiraient. Les balles traversaient les agresseurs de part en part, et ils continuaient à marcher. J'ai cru qu'ils étaient invincibles jusqu'au moment où un policier a logé une balle dans la tête d'un des monstres. Celui-ci s'est arrêté, puis s'est écroulé. Comme dans les films, les zombies avaient un point faible : le cerveau. En bas, les flics submergés, paniqués, ne l'avaient pas compris. Je me suis penché, et j'ai crié : « Tirez-leur dans la tête ! » Mais ils ne m'ont pas entendu. Ils se faisaient attraper. Les zombies les mordaient, leur arrachaient le visage, leur ouvraient le ventre. Les survivants ont battu en retraite. Je suis resté à observer. J'ai vu les flics qui avaient été tués, en partie déchiquetés, se relever, et suivre la masse de plus en plus nombreuse des cannibales. À n'en pas douter, c'est le destin qu'avaient connu les invités à la fête.

J'ai pensé à Stella, à mes parents, à Noémie, à mes amis Michel et Lucia en vacances en Bretagne, aux quelques personnes que je connaissais. J'ai prié qu'ils soient saufs.

Des avions de combat et des hélicoptères passaient au loin, dans les nuages. L'air était chargé d'électricité.

Je suis rentré dans l'appartement, j'ai allumé la radio. C'était le chaos dans le monde entier : New York, Tokyo, Bamako, Moscou, Pékin. Sur Internet, un spectacle de guerre civile défilait sans discontinuer. Les journalistes s'excitaient à leur micro, les caméras filmaient des scènes terribles, images et sons donnaient une vision confuse et fiévreuse de ce qui arrivait.

Une chose m'est apparue clairement : il fallait que je m'occupe l'esprit. Que je construise un rempart de protection pour ne pas paniquer. Alors j'ai fait la chose la plus prosaïque du monde : du ménage. J'ai tiré le corps sans tête dans la petite bibliothèque au fond de l'appartement. Avec des torchons, des serpillières, des draps, j'ai lessivé le salon, la cuisine et la salle de bains. J'ai éponge et désinfecté, frotté jusqu'à rayer le parquet. Puis j'ai jeté draps et serviettes, éponges et serpillières par la fenêtre. Au bout de trois heures de ménage intensif, il y avait bien encore des traces brunes sur les murs, mais le salon était habitable. La mort, c'était dehors. Ici, j'étais à l'abri.

À la fin de la journée, les journalistes annoncèrent que l'armée avait réussi à créer des places fortes, des camps retranchés, avec clôtures, barbelés et tanks. On nous invitait à les rejoindre.

Je savais que ça ne durerait qu'un temps. *Ils* submergeraient les militaires et les policiers. D'ailleurs, la plupart d'entre eux avaient sans doute déserté pour protéger leur famille. Et puis la folie à l'extérieur ne permettrait pas de rejoindre ces illusoires abris. Hors de question que je quitte l'appartement.

De jour en jour, les nouvelles se firent de plus en plus sombres. Pas un pays au monde n'avait été épargné. Des experts parlaient d'une contamination par les airs, venant de l'espace ou d'une source terrestre portée par les vents. Peu de personnes étaient directement contaminées, mais il y en avait partout, dans chaque ville. Ça suffisait pour amorcer l'épidémie.

Bientôt je n'ai plus vu ni hélicoptères, ni avions dans le ciel. Ce n'était pas être pessimiste que de le dire : nous avions perdu la guerre.

Je retrouve pied après des journées de prostration et de dépression. Je ne pèse plus que les deux tiers de mon poids habituel. L'appartement sent le renfermé et la sueur. Il y a des boîtes de conserve vides et des paquets de gâteaux dispersés sur le sol. Je vis dans une porcherie. Il est temps que je me reprenne.

Un nouveau monde commence. Une nouvelle Amérique est née, et nous en sommes les Indiens.

9 mars

De temps en temps, je vois des gens courir sur le boulevard ou avancer prudemment en se cachant derrière les voitures. Ils ne vont jamais loin. De tous côtés, les zombies leur tombent dessus.

Un homme en scooter slalome entre les voitures accidentées et les zombies. Il dérape, son scooter se couche dans un jaillissement d'étincelles. Ils affluent de partout et se jettent sur lui. Ses vêtements sont arrachés, puis sa peau, du rouge fleurit sur tout son corps. Je regarde, fasciné, je veux détourner les yeux, mais je n'y arrive pas. Les zombies le dévorent, leurs dents arrachent des morceaux de chair avec une facilité déconcertante. Seul le visage de l'homme reste indemne, protégé par son casque.

Un couple dans un appartement de l'autre côté du boulevard, juste en face de chez Stella. Leur petit garçon serre une peluche de singe contre lui. Nous nous faisons des signes. Ils ont écrit sur une pancarte : « Il faut partir. Venez avec nous. Nous prenons une voiture. » J'attrape une affiche dans un cadre et j'écris au dos : « Non. Danger. » Il ne faut pas fuir. C'est une erreur. Ils ne m'écoutent pas. Je les vois remplir une valise. Ils descendent. La mère tient son enfant dans ses bras. Ils sont fous, ça n'a pas de sens. Seul l'homme sort, il avance sur le trottoir devant l'immeuble. La femme et l'enfant attendent, un peu en retrait. L'homme lève les bras et il crie à l'intention des zombies. Je comprends : il va détourner leur attention. Les zombies le voient et se dirigent vers lui, avec leur lenteur terrifiante. Il traverse la rue et s'arrête devant le Moulin-Rouge. Pendant ce temps-là, sa femme, leur fils dans les bras, se précipite vers une vieille Volvo bleue garée un peu plus loin. Ses mains tremblent, elle a eu du mal à mettre la clé dans la serrure. Elle réussit enfin, et elle entre, elle tente d'attacher la ceinture de son fils. Sans succès. L'homme ne voit pas les trois zombies qui s'approchent de lui par-derrière, bien trop occupé à attirer ceux qui risquent d'aller vers la Volvo. Je lui crie de se retourner, de toutes mes forces je le préviens. Je ne peux pas tirer sur les zombies, je risquerais de le tuer lui. Mais il n'entend pas. Son visage se fige de surprise quand un zombie referme ses dents sur son bras. Il se débat et le repousse. Son bras saigne, une tache rouge grandit sur la manche bleue. Il crie quelque chose en direction de sa femme et de son fils, un adieu et des mots d'amour sans doute, et il se met à courir vers la place Clichy. Il sait le destin qui l'attend et il ne veut pas se transformer près de ceux qu'il aime. La femme hurle en voyant l'homme partir, et d'un coup la voiture démarre. Le gamin semble parler à l'oreille de son singe. La mère fait demi-tour, renverse une poubelle, évite une voiture de police écrasée contre un lampadaire. Et elle fonce. La voiture quitte mon champ de vision. Elle s'en est sortie. Bon Dieu. Mais, un instant plus tard, il y a un bruit de dérapage, et le son d'une vitrine qui se brise. J'ai l'impression de morceaux de verre qui se plantent dans mon cerveau. Je serre mon fusil contre moi, comme un enfant une poupée.

Les rescapés vont être de plus en plus rares, je ne me fais pas d'illusions. À aucun moment nous n'avons été sur le point de repousser les monstres. Je regarde le spectacle, accroupi sur le balcon.

Le monde est le visage de la mort, mais multiplié des milliers de fois, je suis plongé dans une horrifique galerie des glaces de fête foraine. Les zombies ressemblent à ces cellules que l'on voit se reproduire sous un microscope : leur croissance est exponentielle. Certaines victimes sont mangées, les autres, qui sont blessées et mordues, se transforment. J'ai l'impression d'assister à la résolution d'un problème mathématique : faire des créatures inhumaines avec des êtres humains est très simple et très logique. Ça marche à tous les coups.

Ils ne conduisent pas de voiture, ils n'achètent pas de vêtements, ils ne parlent pas dans des téléphones portables. Ils sont la foule désordonnée et meurtrière. Des sacs traînent par terre, des lunettes, les journaux s'envolent du kiosque du boulevard et personne ne les ramasse. Le ménage ne sera pas fait.

La mort est face à moi. Je sens sa présence physique. Je suis sur son territoire. Je ne m'en sortirai pas. À certains moments, je suis tellement tétanisé que j'oublie de respirer. Ma tête tourne et je m'aperçois que ma bouche est fermée, que mon cœur bat lentement. Je reprends de l'air, et le choc me fait tousser et trembler. Je suis obligé de planter mes ongles dans ma peau, de me mordre l'intérieur des joues pour me rappeler que je vis encore. Mais qu'est-ce que ça veut dire « vivre encore » ?

La mort est devenue l'atmosphère du monde. Elle n'est pas ce qui arrive, mais ce qui est là. Mon corps tout entier crie de terreur. L'esprit déchiré en deux, le sang de ma conscience est en train de se répandre. La mort se plaque à moi, elle me touche, me palpe, s'insinue dans mon intimité. Je voudrais n'être plus rien.

10 mars

Le plus dur, c'est de ne pas savoir ce que sont devenus ceux que j'aime. Ils ne sont pas nombreux : mon cœur est un désert. La conjonction de mon asocialité, de ma timidité et de ma moralité explique que j'aie peu d'amis. Mes parents habitent au sud de Nantes, à Rezé. J'espère qu'ils ont réussi à se sauver, mais comment auraient-ils fait ? Les informations données à la radio tant qu'elle fonctionnait étaient claires : les zombies ont pris le contrôle, c'est une pandémie mondiale, ils sont des millions, des dizaines de millions. Chaque blessé se transforme en zombie et contamine à son tour. Certes ma mère est bricoleuse et mon père paranoïaque, mais font-ils partie des rescapés, sont-ils de ceux qui se sont constitué un abri ? Je voudrais y croire. Je parie que mes parents ont voulu aider des voisins et des inconnus. Ce sont des humanistes, ils ont dû essayer d'organiser la résistance et de secourir les blessés. Mais résister contre *ça* ? Quant à Noémie et son copain, dans leur appartement de Bastille, j'imagine qu'ils ont été parmi les premières victimes. Il est l'archétype même de l'arrogant qui ne doute de rien. Il a dû sauter dans sa grosse voiture avec

Noémie au bras et ils ont été bloqués dans les embouteillages. Morts donc, offerts comme dans une bento box. Voilà qui met fin à mes restes d'attachement pour celle qui fut pendant cinq ans la femme de ma vie.

Que sont devenus Michel et Lucia, mes deux seuls amis ? Michel est infirmier et Lucia dessinatrice de livres pour enfants, les êtres les plus doux au monde. Ils m'accueillaient chaque semaine pour dîner autour de la table basse de leur HLM du 19e arrondissement. Ont-ils trouvé un moyen de survivre ? Je l'espère de tout mon cœur.

La pandémie a touché sans distinction les bons et les méchants, les doux et les égoïstes. C'est la démocratie réelle. Bordel. Je pense à Sonia, l'assistante de la directrice de Pégase éditions, avec qui je prenais un café dès que je passais dans les bureaux, nous flirtions gentiment. Ses sourires, son élégance, ses lunettes bordées de rouge et sa lampe en forme de citrouille. Véronique, la correctrice et relectrice qui me suivait depuis mes débuts, ultime juge de mon travail, qui m'apportait par ses conseils autant qu'un éditeur. André, le patron du bar près de chez moi qui me payait des cafés. Je commence à comprendre que je n'étais pas si solitaire. J'étais entouré. Je disais souvent : je ne connais personne. C'était faux. Je n'étais pas mondain, je restais un quart d'heure dans les fêtes où j'étais invité. Mais j'aimais quelques personnes, et on m'appréciait. J'aurais aimé le leur dire. Les visages de mes cousines, de mes oncles et tantes, de mes deux grand-mères passent dans mon esprit.

Ce n'est pas assez d'avoir à accepter la fin de l'humanité, il faut que j'accepte la disparition de gens auxquels je tiens et, pour certains, dont j'ignorais l'importance dans ma vie. Et savoir qu'ils sont peut-être devenus des monstres. Mon cerveau a du mal à avaler ça. Je les imagine maintenant animés d'une fureur criminelle, simples soldats de l'armée des morts-vivants, et je pleure. Mais je suis trop plein de pensées et de terreur pour vraiment m'effondrer.

Leur mort ne me semble pas aussi injuste que s'ils avaient péri dans un accident de voiture ou à cause d'un cancer. Ils sont morts comme tout le monde. Aussi fou que ça puisse paraître : c'est normal. C'est moi qui suis anormal. J'aurais voulu mourir avec eux. J'aurais voulu être emporté et marcher à leurs côtés.

13 mars

La nuit est un espace-temps où la terreur est dans son élément. Elle règne et plante ses griffes dans notre cerveau. Les premières nuits, je suis resté plaqué contre la porte, fusil en main, dans un état de tension tel que j'avais l'impression de devenir fou. Guettant le moindre bruit dans le couloir. Plusieurs fois, j'ai été sur le point de retourner mon fusil contre moi pour stopper les choses insensées qui se déroulaient dehors.

L'obscurité n'est pas totale, des éclairs d'armes traversent le ciel et les flammes d'incendies lointains rougeoient. J'entends des cris humains parfois, déchirants, paniqués. Et le grondement des zombies.

Le jour, c'est moins effrayant mais pas très agréable. J'ai des vertiges et des crises d'angoisse, je mange à peine. Par curiosité morbide, je sors de temps en temps sur le balcon.

Je ne sais pas ce que je redoute le plus : voir le massacre ou constater la fin des hostilités.

Certains résistent encore. Mais tous font la même erreur : ils finissent par vouloir s'échapper, ils sortent de leur planque ou de leur immeuble. Ils ne vont pas loin. J'essaye d'aider ceux qui se battent sur le boulevard. Je tire maladroitement sur les zombies. Mais ça ne sert à rien.

Pour l'instant, je suis à l'abri dans cet appartement. Une commode bloque la porte au cas où des zombies tenteraient d'entrer. J'ai des provisions.

Je vis comme un animal, mangeant à même les boîtes de conserve, ne me lavant pas, ne changeant pas de vêtements. J'ai régressé. Et je crois que c'est une bonne intuition. Régresser me protège. La crasse, ma barbe, la saleté et la puanteur, mes odeurs corporelles me permettent de rester en terrain connu, chez moi, protégé, à l'intérieur d'une bulle, dans un écrin de crasse.

Les images de massacres et d'autres créées par mon imagination essaient de prendre toute la place dans ma tête. Ne plus y penser me demande un effort colossal. Je me bats pour repousser l'horreur qui veut coloniser mon cerveau. Le combat est intérieur mais bien réel.

Il n'y a plus d'électricité depuis ce matin. Les conséquences ont été : plus de lumière la nuit et le frigo qui décongèle. J'ai alors senti la civilisation, je veux dire, les siècles de civilisation, s'écouler comme de l'eau dans un égout. C'est fini, vraiment fini. Dehors les appartements du quartier et les lampadaires sont éteints. J'ai une sensation d'écrasement, l'impression de disparaître en même temps que l'électricité. Une partie de mon âme s'écoule à travers les pores de ma peau. Une vague de vide s'abat sur moi et me plaque au sol.

Je laisse la réalité nouvelle peu à peu se diffuser en moi. Je me relève lentement, sale, hirsute, amaigri, hagard. Mais vivant.

14 mars

Le corps sans tête dans la petite pièce au fond de l'appartement est un problème. J'ouvre la porte de temps en temps. Il pourrit, ses muscles se sont affaissés, il me fait penser à un mannequin en cire. Des mouches volettent autour de lui, elles doivent pondre des œufs dans sa chair. J'ai l'impression de le voir grandir. Je l'observe, sur mes gardes, au cas où il se réveillerait et m'attaquerait. Sans tête, ça paraît peu probable.

Je me décide enfin. Je prends de grands sacs en plastique dans la cuisine. Et, comme si j'avais fait ça toute ma vie, comme si c'était une pratique normale, j'emballe le cadavre. L'odeur rance et acide me donne des haut-le-cœur. Le corps est devenu huileux, gonflé, plein de gaz. Des mouches se collent à mon visage. Je l'enrobe d'une nouvelle couche de plastique, je l'entrave de ficelle et d'adhésif, puis je l'enferme dans un duvet de haute montagne trouvé dans un placard.

Je le traîne jusqu'au balcon pour m'en débarrasser. Je frotte mes mains crispées sur mon pantalon. Le ciel est blanc, l'air frais, j'évite de baisser les yeux vers le boulevard. Quelque chose me retient. Je ne vais pas le jeter. On ne peut pas faire n'importe quoi du corps d'un homme, on ne peut pas le traiter comme un sac-poubelle.

Je le ramène dans la petite pièce du fond, et je le dépose sur le canapé, sur la montagne de manteaux des invités, dans une position qui me semble belle et respectueuse. Je mets de l'ordre dans la pièce. À l'aide d'objets pris çà et là (sacs à main, sacoches), je décore le canapé mortuaire, et de chaque côté de la tête je place un chandelier et une statue océanienne. Je dispose des bijoux sur le corps, un collier de perles, un bracelet et des bagues. Enfin je ferme la porte, à clé.

Qu'il repose en paix.

Désormais, la mort est présente dans l'appartement. Mais c'est la mort qui a été civilisée et ritualisée. Pas celle des zombies. D'une certaine manière, la présence de ce corps me rassure. Il est le contraire de ce qui se trouve dehors : un mort qui reste mort.

15 mars

Je vais sortir de l'appartement. C'est décidé. Ça me terrifie tellement que j'enchaîne diarrhées et crises d'angoisse. Je visualise les couloirs, les escaliers, les autres appartements infestés de zombies. J'ai écouté des heures entières l'oreille collée aux murs, au plancher, à la porte d'entrée. Je guette les mouvements à travers le judas. J'ai même fait des trous dans les murs donnant sur les appartements mitoyens (et le plancher et le plafond des appartements inférieur et supérieur). Il n'y a aucun signe d'une présence hostile. Pourtant rien ne me dit que le reste du bâtiment n'abrite pas des créatures.

Je n'ai pas d'autre choix que de partir en expédition. Le garde-manger contient encore de quoi tenir une bonne dizaine de jours. Les étagères débordent de bocaux de confit de canard et de pâtés. Mais je dois trouver de l'eau minérale, l'eau du robinet a été coupée.

Il faut aussi que je me mette en route tant que je suis en bonne forme physique. Ce sera trop tard quand j'aurai perdu mon énergie. Je *dois* sortir. Je ne peux pas attendre qu'ils viennent ici.

Me terrer, c'est mourir à plus ou moins brève échéance. L'adrénaline file dans mon corps comme une décharge électrique permanente.

Je m'attends à rencontrer des zombies. Ils ont pu me remarquer, flairer mon sang, ma sueur. Ils m'ont vu sur le balcon, je leur ai tiré dessus. Je me suis préparé en conséquence. Pour me protéger de leurs morsures, j'ai mis un caleçon long, un pull et des chaussures montantes, puis j'ai entouré mes bras, mes jambes et mon torse de film plastique alimentaire que j'ai recouvert avec du gros scotch. J'ai enfilé un pantalon, un pull et une veste en cuir. Je me sens en sûreté et en même temps libre de mes mouvements. Pour me préserver des projections de « sang » des créatures (j'ai vu des hommes se transformer après en avoir reçu dans le visage), je porte un masque de ski et un foulard sur ma bouche. Un bonnet descend jusqu'au bas de mes oreilles.

Je fixe un couteau de cuisine contre ma jambe, un fusil dans mon dos, le revolver à ma ceinture, un fusil à la main.

Je vais conquérir l'anatomie de l'immeuble, en visiter les organes, et m'en rendre maître. Terreur de la mort et désir de vivre (deux fleuves bouillants en moi) me convainquent que j'ai la force nécessaire.

J'ouvre la porte. Le jour vient de se lever. Rentrant par les fenêtres à chaque étage, un soleil diffus éclaire les couloirs et les escaliers.

Il n'y a personne. Une odeur de renfermé et de musc chatouille mon nez. J'avance. Par réflexe, j'appuie sur le bouton de l'ascenseur. Mon doigt ganté reste accroché sur une épaisse tache marronnâtre et visqueuse. Il faut que je sois plus prudent : les pièges sont partout. J'essuie mon index sur la manche de mon blouson en cuir. Il n'y a plus d'électricité, l'ascenseur ne bouge pas. Par la vitre, j'observe les câbles et les chaînes, et le gouffre. Je reprends mon souffle. Il faut avancer. La porte de l'appartement en face du mien est ouverte. J'entre. Il fait sombre en raison des volets tirés. Je butte contre un cartable d'écolier. Merde. Le sol est jonché d'objets, de pots de fleurs, de nourriture en putréfaction. Des mouches volent dans l'appartement. J'espère ne pas tomber sur un cadavre. J'avance centimètre par centimètre, mon fusil en avant. Au moindre craquement du parquet, mon doigt pèse sur la détente.

Difficile de décrire l'odeur : des mélanges qui n'ont jamais eu lieu, du rance, du pourri et quelque chose de sucré. J'arrête de respirer par le nez. Qu'est-ce que je fous là ? Est-ce qu'inconsciemment, ce n'est pas une manière de me suicider ? J'ai envie de retourner dans l'appartement. Non : j'ai besoin de nourriture et d'eau et, plus encore, de sécuriser l'immeuble, de faire en sorte que mon environnement proche soit sans danger, que les monstres en soient nettoyés. Je ne vais pas me laisser faire. Comme un effet de ma volonté, mes muscles se bandent. Mon corps vibre.

Il me faut trente minutes de pas minuscules et de précautions, d'avancée fusil en avant, pour faire le tour de l'appartement. Les cinq pièces sont vides. Pas un cadavre, pas un zombie. Mais du sang, oui, sur les murs, partout, de la vaisselle brisée, des chaises renversées, des signes de lutte et de panique.

L'immeuble a sept étages, chacun compte quatre appartements. Ça fait vingt-huit appartements à visiter. Les trois premiers se révèlent vides. Je barre l'escalier avec deux armoires pour empêcher les créatures peut-être présentes aux étages inférieurs de me prendre par surprise. Je monte un étage au-dessus. Je franchis le seuil du premier appartement. Un bruit, un corps qui bouge, du mouvement. Je sursaute, mon corps entier est comme électrisé, je ne respire plus, j'appuie sur la détente. Le coup de feu arrache le bois de la porte. J'aspire une bouffée de sciure et je tousse. De la fumée et des gargouillis, mais ça bouge encore, alors je tire à nouveau, je sors mon revolver et je tire, tire, tire. Les détonations me percent les oreilles, le recul occasionné par chaque coup de feu endolorit mon épaule.

Je m'écarte pour avoir du champ, découvrir ce qu'il y a devant moi. La fumée se dissipe. Derrière la porte en lambeaux, je vois enfin mon « agresseur ». C'est un chien. Un berger allemand. Les balles l'ont réduit en bouillie, son pelage est retourné, ses viscères le recouvrent, du sang et de la bave coulent de sa gueule ouverte. Il a les oreilles baissées et les yeux écarquillés, tristes, pleins de stupeur.

Je l'ai fauché, bêtement, parce que j'ai eu peur. Le pauvre animal s'était terré, paniqué par la disparition de ses maîtres et le silence de l'immeuble. Il n'avait pas osé aboyer quand il avait entendu mes pas.

Ma première pensée : ça aurait pu être un homme, une femme, un enfant. J'aurais pu tuer un être humain. Et fatalement ça avait déjà dû se produire, des hommes avaient dû en tuer d'autres, parce qu'ils n'avaient pas pris le temps de voir ce qu'ils avaient en face d'eux.

Je regarde le chien, ce qu'il en reste, et je me mets à sangloter, je lui demande pardon, je lui dis que c'est un accident, je suis désolé, désolé.

La sueur et les larmes me piquent les yeux. J'étouffe sous mon masque de ski. Je me calme. Je dois continuer.

Il faudra que je sois prudent dorénavant. Que je ne tire pas au moindre son et que je m'annonce dans les endroits inconnus, que je parle, que je dise que je suis vivant, pour ne pas devenir une cible.

Les zombies nous déciment. Il s'agit ne pas laisser la terreur terminer le travail. Ce n'est pas simple. La peur coule dans mes veines, elle parfume mes pensées, c'est la déesse qui m'accompagne à chaque pas. Il faut que je l'apprivoise, que je la tienne en laisse.

Je reprends mon expédition. Ça dure quatre heures. Il n'y a aucun zombie dans l'immeuble, aucun cadavre non plus. Des traces de lutte, du sang, mais c'est tout. Les habitants ont fui, et ceux qui n'étaient pas partis ont été transformés en monstres.

Au rez-de-chaussée, la porte d'entrée est fermée, une grande porte, large et haute, rassurante. Le blocage électrique ne fonctionne plus. Je mets une barre de fer en travers de la porte. J'entasse des objets pour empêcher toute intrusion : une dalle de marbre, des caisses de vin, une commode.

Le bruit attire les zombies qui rôdent sur le boulevard face au Moulin-Rouge. Ils rappliquent comme des moustiques au bord de l'eau en été. Ils se plaquent contre la porte. Ils poussent en grognant. Je continue à consolider. Rien ne pourra la faire bouger, le bois est bien trop épais pour être entamé, la barre de fer solide. Je mets mes deux mains sur la porte pour sentir les vibrations. Ils sont là, à quelques centimètres, réels, si réels. Mon corps entier frissonne, ma vue se brouille.

Je reste une minute ainsi, interdit, pétrifié. Je reprends mes esprits. Survivre. Je cloue des planches sur la porte, puis sur les fenêtres des appartements du rez-de-chaussée et du premier étage. Mais ce n'est pas suffisant : je cloue des planches sur les fenêtres du deuxième étage et sur la porte de la cave.

Tout n'est pas négatif : je suis passé du statut de locataire d'un studio à Belleville à celui de propriétaire d'un immeuble de sept étages. J'en rirais presque.

À l'aide d'une planche, je porte le corps du chien dans l'appartement. Je l'embaume comme je l'ai fait pour l'homme sans tête. Je les allonge l'un contre l'autre. La petite pièce ressemble à un tombeau égyptien.

16 mars

Paris est désert. Aucun avion ne traverse le ciel, aucun secours n'a débarqué. La magie d'une terre mondialisée a donné une épidémie mondiale. J'en ai suivi la progression fulgurante à la radio jusqu'à ce qu'elle cesse d'émettre. Ce sont d'abord les grandes stations qui se sont tues. Sur une des radios, j'ai entendu un journaliste se faire attaquer en direct, il a continué à parler tandis que les zombies le dévoraient. Quelques petites stations ont survécu un peu plus longtemps, mais, au bout d'une semaine, tout s'est définitivement arrêté.

Je ne me voile plus la face : mes parents et mes amis sont morts. C'est statistique. Il n'y a plus de gouvernements, plus de police, plus d'armée, les dernières poches de résistance sont tombées. Je pleure, et mes pleurs me reposent de la terreur.

Mon esprit est traversé de flashs comme si j'étais en court-circuit permanent. Dès que je cesse de regarder ce qui se passe en bas sur le boulevard, dès que je cesse de regarder les êtres monstrueux qui règnent désormais dans les rues, alors ils apparaissent dans mon esprit : leurs dents, leurs ongles, et leur violence brute qui n'est pas ralentie par l'ombre de la pensée.

Avec les jumelles, j'observe chaque immeuble. Je vois des formes bouger derrière certaines fenêtres. Mais est-ce que ce sont bien des êtres humains ?

21 mars

Je repousse la couverture, ma main attrape le fusil. Je suis réveillé, les sens en alerte. Je ne sais pas comment ils sont entrés. Il n'y a pas eu de cavalcade. Simplement le bruit de leurs pas dans l'escalier. Ils sont des dizaines, leur marche molle fait un bruit sourd comme une armée flasque. La lune brille dans le ciel. Le fusil tremble dans ma main. Je vais sur le balcon. Je penche la tête. Ils sont entrés par la porte de l'immeuble. J'ai sous-estimé leur force. Ils se pressent les uns contre les autres pour accéder au mince accès. Ils arrivent de tout le boulevard. Qu'est-ce que je suis censé faire ? Me réfugier sur le toit ? Trop tard. Ils sont à mon étage. Leurs corps se frottent au mur extérieur de l'appartement. Tout d'un coup, un bruit violent contre la porte comme si un corps s'y écrasait. Leurs grognements m'électrisent de la tête aux pieds. Ils ne sont pas agressifs, au contraire : sûrs d'eux, sûrs d'avoir droit à leur proie, empreints d'une bonhomie barbare. Je leur appartiens. Ils remplissent tout le couloir. Le mur et la porte vibrent. Je mets un buffet devant la porte, mais je ne sais pas si ça sera suffisant. Tout me paraît frêle. Je suis pris au piège : même s'ils n'arrivent pas à entrer, je reste prisonnier. Impossible de me ravitailler en eau et en nourriture. J'ai perdu, la mort m'attend, et il vaut mieux que ce soit moi qui me la donne avec un coup de fusil plutôt que de finir transformé en zombie. Je répète dans mon esprit les gestes à faire, mettre le canon sous mon menton et appuyer. Mais quelque chose en moi refuse de l'admettre. Je dis : « Non. Non. Non. » Ça ne peut pas finir comme ça. Pas moi. Les autres, oui, mais pas moi, pas moi qui sais que je suis moi. Je ne peux pas mourir, disparaître de cette vie. L'univers entier me semble froid et vide, c'est une sensation qui m'écrase : c'est la fin. Ce n'est pas possible. Je vais trouver une solution. Je retourne sur le balcon. Escalader vers le quatrième étage ? Je n'y arriverai jamais. Je suis foutu. Il faut que je me calme. Que je fasse abstraction des monstres qui font pression sur le mur et la porte. Que je ne regarde pas les gonds faiblir. On s'échappe par un trou, comme dans les films sur Alcatraz et les dessins animés. Je fouille l'appartement et je trouve une sculpture de Bouddha assez pointue. Je monte sur la table, je commence à donner de grands coups dans le plafond. Je l'entaille à peine. Je frappe plus fort. Mes bras vibrent, mes mains saignent. Du plâtre me tombe dessus. Ça avance. J'ai le visage couvert de poudre blanche comme un clown. Je frappe, je gratte. Mais ça avance lentement, j'ai l'impression de nager contre un mur. Il me faudrait au moins une heure. Les gonds cèdent. Non. Non. Des bras passent dans l'entrebâillement, gris sales et écorchés, tendus vers moi. Les grognements redoublent. Le bas d'un visage apparaît dans l'embrasure de la porte. Des dents immondes, une langue grise qui s'agite, des lèvres retournées. Le zombie force pour faire passer sa tête entièrement, il pousse, il pousse.

Et je me réveille, en sueur. Je me redresse sur mon lit. La lune brille dans le ciel marine et tout est calme.

Ces rêves sont devenus habituels. Plusieurs fois par semaine, je me fais dévorer, j'ai la sensation réelle de dents se plantant dans ma chair et du poison qui me contamine. Pourquoi ne pas mourir réellement alors ? Mourir une fois pour toutes pour arrêter de mourir si souvent.

24 mars

Comme chaque jour, ils sont massés contre la porte d'entrée de l'immeuble, foule de bras gris et rouge, corps à moitié dénudés, dents sorties, doigts tendus. Je suis trois étages plus haut, ce n'est pas énorme, une dizaine de mètres tout au plus nous sépare. Même avec la porte-fenêtre fermée, je sens leur odeur, mélange de mort, de sang et d'acide. Ils ont vu que j'habitais ici. Je suis leur objectif.

Des yeux remplis d'agressivité. Des yeux qui tentent de me transformer en nourriture, qui me mâchent, me soulèvent la peau, entrent dans ma chair.

Ils sont une cinquantaine, parfois deux cents, parfois mille, souvent trop nombreux pour que je les compte. Armée mouvante, débraillée, désorganisée. Ils ont tué tous ceux qu'ils avaient sous la main, et avec leurs dents ils ont fait naître de nouveaux êtres. La fécondation a eu lieu par le sang. Je suis un des derniers du quartier (de la ville ?) à leur avoir échappé. Ils ne veulent pas laisser la moindre miette sur la table. L'extinction de l'espèce humaine leur importe peu. Ils ne vont pas nous préserver comme une espèce en danger. Ils ne vont pas nous parquer dans des réserves naturelles ou nous élever dans des poulaillers à ciel ouvert pour avoir toujours de la chair fraîche. Ils n'ont pas d'autre plan que de nous bouffer jusqu'au dernier.

Ils grognent, ils râlent, ils crient. Ils font les pires sons qu'il est possible de faire avec une langue et une gorge.

Je sors sur le balcon : j'ai *besoin* de respirer un peu d'air. C'est ma seule liberté. Je les observe, j'espère ainsi m'habituer à leur apparence, comme ces arachnophobes à qui on apprend à côtoyer des araignées. Je n'ai pas le choix. Je dois dompter ma peur. Ils sont ma réalité maintenant. Ils sont la Nature.

J'en aligne un dans le viseur de mon fusil, en gros blouson d'hiver à capuche fourrée, crâne dégarni, sourcils broussailleux, et je tire. La balle entaille son cou. Je réarme.

Mais à quoi bon ? Je rentre dans l'appartement.

Je me passe la main sur les jambes, le torse, la nuque, les bras, pour sentir les muscles et les tendons, retrouver les frontières de l'être vivant que je suis. Tandis que ma main parcourt mon corps, je pense aux jointures et aux articulations, à ces endroits plus fragiles qui se déchireront sous les mains des créatures. J'imagine mes chairs rompues et mes os désarticulés. Comme si mon corps avait été construit pour être disloqué telle une simple poupée de chiffon. C'est peu dire que je me sens mortel et fragile : je me sens fabriqué pour être mis en pièces.

Je les regarde, et j'ai envie de hurler, de vomir, de mourir. Mais je résiste. Je fixe l'horreur et ses centaines d'yeux vitreux et exorbités. La tempête de fer et de feu finit par cesser de marteler mon cerveau. Enfin je bénéficie d'un peu de répit. Puis, la terreur reprend.

28 mars

Ce qui est sûr et beau, c'est le passé. Même le passé triste, ma solitude, mes difficultés matérielles, mon adolescence, tout ça me paraît doux désormais : j'étais heureux et je ne le savais pas. Le désespoir d'alors était un état de plénitude extatique comparé à ce que je vis aujourd'hui. Je convoque donc mes souvenirs, je les collectionne, et je les note sur mon carnet. Ces vacances avec mes parents quand j'avais sept ans à visiter les musées de Bruxelles, à boire des chocolats chauds, et la pluie qui tombait sans cesse, nous courions d'abri en abri en riant. Le jour où j'ai découvert chez mon éditeur les exemplaires imprimés de mon premier roman, *L'amour n'existe pas au paradis*. La première fois que j'ai tenu la main d'une fille qui était amoureuse de moi et la certitude que nous passerions notre vie ensemble. Les dîners du jeudi soir chez Lucia et Michel, nos discussions autour de la littérature, de la gastronomie, de la politique.

Je suis en sécurité dans le passé. Je travaille à lui faire coloniser mon esprit pour atténuer les images du présent. Le passé est mon médicament. Mille fois par jour, je tire une image, une scène, un repas avec une amie, un café pris dans un hôtel du Havre, un Noël de mon enfance, et je les superpose aux corps abîmés et aux gueules affamées. Je joue de mes souvenirs comme d'un instrument de musique. Ils sont les notes qui anéantissent momentanément les zombies dans mon cerveau. Je me rêve dans ce passé. Ça ne dure pas. À chaque fois, la réalité déchire tout, casse les belles choses, et reprend le pouvoir. Mais ces accalmies me permettent de récupérer des forces.

Je veux parler de moi, car le temps n'est pas plus tendre que les créatures qui guettent à l'extérieur. Je veux me souvenir d'où je viens, de ce monde à jamais disparu et de la place que j'y occupais.

Je suis écrivain. C'est ce que j'ai toujours voulu être, mais le chemin a été long. J'ai commencé en tant que simple correcteur de scripts pour la télévision, manière de découvrir une certaine forme de création, de me familiariser avec la structure narrative, la composition des personnages. Je rêvais d'un autre genre de littérature, certes, mais c'était formateur. Rapidement on m'a proposé un poste de scénariste pour un soap-opéra télévisé. J'avais vingt-six ans, mes études d'anthropologie et de géographie ne me mèneraient à rien, je décidai d'accepter (au grand dam du professeur Inselberg, mon mentor, mon idole intellectuelle). Et j'ai adoré ça.

La série mettait en scène trois sœurs quadragénaires qui divorçaient en même temps et essayaient de se remettre à vivre et de retrouver l'amour. Une grande affection avait fini par me lier à ces personnages. Je me sentais moi-même comme une femme de quarante ans. Leurs peurs, leurs doutes, leurs désirs, leur misère affective, c'étaient les miens. Je leur donnais de belles répliques, je les inventais en femmes courageuses et espiègles. C'étaient les portraits des femmes que j'aurais aimé rencontrer.

Mais la production ne l'entendit pas de cette oreille : il fallait créer des drames pour retenir l'attention des téléspectateurs. On m'a demandé de rendre mes héroïnes irascibles, méchantes, jalouses. J'ai quitté la série quand on m'a ordonné d'écrire un épisode où l'une des trois sœurs vend de la drogue à des adolescents pour se payer une opération de chirurgie esthétique. Nous étions tombés très bas.

J'ai écrit plusieurs romans. Mais aucune maison d'édition n'en a voulu. Je n'en ai rien conclu. Je n'allais pas jouer à l'artiste maudit. Voyant que je n'avais pas ma place au sein de la littérature « officielle », j'ai décidé de faire ce que je savais faire : écrire des histoires romantiques. Je les ai proposées à Galaxy, une maison d'édition de littérature populaire qui publiait aussi bien des histoires d'horreur, que des romans policiers ou à l'eau de rose. Le téléphone a sonné une semaine après que j'eus posté mon premier manuscrit. Depuis, j'ai sorti vingt-quatre livres. Pas de best-seller, mais j'ai mes lecteurs.

La littérature romantique est le lieu où l'on peut dire des choses importantes sous couvert de légèreté. Je profite des relations entre un médecin et une infirmière pour insuffler un peu de féminisme (l'infirmière reprend des études, elle méprise le médecin macho). Bon an mal an, je m'en sortais. Pour compléter mes revenus, j'étais clown remplaçant à Necker, l'hôpital pour enfants.

Ce n'était pas seulement une question d'argent. J'adorais ça. J'aurais désiré m'y consacrer la moitié de la semaine. L'association avait peu de moyens, en conséquence ma seule chance d'aller faire rire les enfants était qu'un des clowns réguliers tombe malade, ce qui, fort heureusement, arrivait souvent (dépression et alcoolisme étaient endémiques chez mes collègues). J'avais acheté un vrai costume de clown de cirque des années cinquante, mais mon allure avait effrayé les enfants. Je m'étais donc confectionné mon propre déguisement, un nez rouge, une blouse blanche, un stéthoscope-klaxon, de grosses lunettes. J'étais doué et c'était épuisant. Des gosses s'en sortaient, d'autres mouraient. Ça n'a pas arrangé ma vision tragique de l'existence. Il me fallait mettre beaucoup de maquillage pour cacher la tristesse de mes traits.

Je repense aux gens que j'ai connus, ça devient un exercice intime comme le *I Remember* de Joe Brainard. Cet enfant à l'hôpital Necker, la tête couverte de cheveux roux, nos discussions à propos des soucoupes volantes et d'autres mondes dans de lointaines galaxies. Je me souviens aussi de l'infirmière roumaine, une fille adorable, avec qui je parlais peu, mais qui me touchait par sa délicatesse. Je me souviens de tous ces gens qui par leurs gestes et leurs attentions rendaient le monde vivable. Je repense aussi à tous ceux qui me semblaient anodins, ma boulangère, tel garçon de café, tel éditeur un peu fade. Ils me manquent. Voilà mon armée : des souvenirs vivaces pour lutter contre la mort qui refuse de mourir.

30 mars

Tout est sale et en désordre. Si ça continue ainsi je vais créer une épidémie de choléra dans l'appartement. Je me lève du canapé-lit où je traîne depuis deux heures. Je vide et lave la poubelle, mets un sac en plastique pour les déchets, nettoie les vitres, passe le balai, récure les sols. L'odeur de l'eau de Javel et des nettoyants ménagers aux parfums synthétiques me fait du bien. Je me sens shooté. Je change les draps du canapé-lit. Tout ça m'occupe quatre bonnes heures, quatre heures sans penser aux zombies. L'appartement reprend forme. Le temps est mon ennemi. Je dois le combler pour ne pas qu'il s'écrase sur moi secondé par la lame d'images angoissantes.

La terreur occupe, mais elle aspire toute mon énergie. Elle perd de son efficacité depuis un moment. Processus classique de mithridatisation : le corps et l'esprit, s'ils survivent, finissent par s'habituer aux poisons.

Que faire de ces journées, que faire de ma « vie » ? Rêvasser est un bon moyen pour ne pas être assailli par les obsessions mettant en scène des zombies. La dérive intellectuelle a toujours été la façon la plus efficace que j'ai trouvée pour ne pas vivre, pour m'isoler dans un cocon d'idées et de concepts. Je suis hors du monde.

Je m'assois sur le canapé. L'après-midi se termine, le ciel tire vers le bleu turquoise, les couleurs jaunâtres et orangées du soleil se diluent dans l'horizon en strates fines.

Je pense aux raisons qui font que je m'en suis sorti. Pourquoi moi ? Sans doute mon asocialité a été déterminante, je n'avais personne à sauver, je ne tenais même pas assez à ma vie pour tenter de m'enfuir. Plus profondément, je crois que j'ai survécu parce que j'étais à part. Être un survivant n'est pas autre chose qu'une nouvelle manière d'être en dehors de la norme. Encore et toujours, je suis étrange. On ne change pas. D'avoir été ignoré par les femmes, les lecteurs, les éditeurs, finalement m'a permis d'échapper aux zombies. L'angoisse et la peur sont mon atmosphère depuis toujours. J'étais bien entraîné. Quelle ironie : j'ai eu de la chance d'avoir eu une satanée malchance depuis ma naissance.

3 avril

Un fusil dans chaque main, je vais sur le toit pour achever l'exploration de l'immeuble. Je force la porte au fond du couloir du septième étage avec un extincteur. La lumière remplit l'encadrement de la porte et m'aveugle un instant. Il s'agit de prendre possession de mon territoire. J'ai besoin de voir la ville et au-delà, humer un air un peu plus pur que celui de mon balcon, ne plus entendre les gémissements des zombies. Méditer.

Le vent m'enveloppe et j'oublie pendant quelques secondes tout ce qui s'est passé.

Il n'y a rien, absolument rien. C'est plat et désert. Je m'avance vers le bord, je pose mes fusils contre la rambarde qui fait un bon mètre vingt de hauteur. En bas, les zombies sont vagues, taches grises, personnages impressionnistes peints par un myope. En perdant de leur netteté, ils perdent de leur réalité. Au loin, des fumées noires et blanches s'élèvent de différents points comme si des villes entières avaient brûlé.

L'immeuble n'est pas très haut, je ne peux pas voir Paris dans son ensemble. Montmartre s'étale devant mes yeux, ses rues escarpées, ses cafés désertés et saccagés. Des souvenirs reviennent. De moi entrant chez un primeur de la rue Lepic, d'un café pris avec Noémie il y a des années, de l'odeur des poulets à la broche, de mes parents sur les marches du Sacré-Cœur, d'une nuit alcoolisée passée à marcher dans le quartier quand j'étais étudiant.

Avec les jumelles, je cherche des traces d'autres survivants. Certains reflets, certaines formes me font espérer que je ne suis pas tout seul. Mais rien de sûr.

Je dépose des bassines pour récolter l'eau de pluie qui me servira à faire ma toilette, ma lessive, ma vaisselle, et bientôt à boire : il ne reste que six bouteilles d'eau minérale trouvées dans les appartements, et quelques litres de jus de fruits.

Bonne nouvelle : mon immeuble est collé à deux autres immeubles, eux-mêmes collés à un autre immeuble, etc. Il y a une chaîne de toits. Je pourrais m'enfuir au cas où les zombies arriveraient à forcer la porte du bas. Comme ce garçon qui vivait dans les arbres et sautait de l'un à l'autre pour échapper aux adultes. Certes les zombies pourraient passer par les autres immeubles pour arriver jusqu'ici, et descendre dans mon appartement. C'est un risque théorique, car ils ne sont pas des as de la chasse stratégique : ils ne vont pas faire le rapprochement entre mon immeuble et ceux d'à côté, ils ne vont pas imaginer qu'ils peuvent pousser une porte, monter des étages, accéder au toit, puis aller sur l'autre toit pour accéder à mon appartement. Ils n'ont pas une intelligence du long terme. Ils avancent et emportent tout.

Je suis en sécurité ici. Je cours en rond pendant une demi-heure. Je regarde au loin. Je me sens libre, et ça ne veut strictement rien dire.

5 avril

Un quart de lune monte dans l'obscurité (Dieu soit loué, la beauté du monde participe à repousser la laideur et la petitesse des monstres dehors : *vous ne battrez jamais la lune et les étoiles*), un vent frais souffle sur le boulevard, je suis appuyé au balcon, un fusil en main, un verre de vin dans l'autre. Comme souvent je guette des lumières, une présence humaine se manifestant par une bougie, un feu de camp.

Tout d'un coup un chat apparaît en bas de l'immeuble. Première présence vivante depuis le chien que j'ai tué. Il est sorti de sous une voiture accidentée. Il miaule. Mon cœur s'emballe. Je me penche et je l'appelle d'une voix calme pour ne pas trahir mon excitation. Il n'y a pas de zombies à proximité. Ils traînent un peu plus haut sur le boulevard.

Le chat tourne la tête et fait quelques pas dans la direction de l'immeuble. Il lève son museau vers moi. C'est la plus jolie chose au monde : yeux verts, oreilles veloutées, un pelage bariolé. Je vais prendre une des boîtes de conserve de thon de ma réserve, je l'ouvre, et je la descends à l'aide d'un panier au bout d'une corde.

Le petit chat pose sa patte droite devant lui comme pour vérifier la solidité du sol. Pas à pas, avec une extrême prudence, il s'approche de la boîte. Il renifle le poisson, relève sa tête vers moi. Je l'encourage. Alors il goûte, d'abord timidement, puis il s'assoit et mange. Il se met à ronronner. Trois étages nous séparent *et je l'entends*. Je tombe instantanément amoureux.

Il pourra devenir *mon* chat. Il brisera ma solitude. Nous jouerons et nous nous câlinerons. Nous nous réconforterons. Je dévale les escaliers en trombe, fusil en main, en chaussettes pour ne pas faire de bruit. Avec précaution, et néanmoins impatience, je déblaye la porte d'entrée, les caisses de vin, la dalle en marbre, la commode, j'enlève la barre de fer, avec un pied de biche j'arrache les planches. Pause. J'écoute, l'oreille contre la porte. Tout va bien, pas un bruit, pas de grognement suspect.

J'ouvre la lourde porte. L'air frais de la nuit s'engouffre. Je respire profondément. Ça fait si longtemps. Je me sens ivre.

Des zombies étendent leurs ombres à une trentaine de mètres. Leur murmure guttural me serre le ventre. Ils sont calmes ces temps-ci. J'aurai le temps de laisser entrer le chat. Celui-ci a un collier, signe qu'il a eu des propriétaires. Il doit être aussi seul que moi. Sa beauté est ahurissante : une tache blanche sur la tête, du roux et du noir sur le corps, des yeux curieux et attendrissants. Je n'ai pas vu la beauté vivante depuis des semaines, des semaines que je n'ai pas posé mon regard sur un être qui ne désire pas me sauter à la gorge. Les larmes me montent aux yeux. Je me baisse. Il tourne la tête vers moi. Il s'approche pas à pas. Une fois qu'il est à deux mètres de moi, il miaule. Un miaou plaintif à vous déchirer le cœur. Je m'avance doucement, oubliant toute prudence. Il semble souffrir, peut-être est-il blessé. Je cherche à le rassurer, je chuchote des mots apaisants : petit-petit, doux, ne t'inquiète pas, je vais m'occuper de toi.

J'ai conscience de franchir une limite : pour la première fois depuis les événements, je marche en dehors de l'immeuble. Et ça m'excite. C'est ma ville, je me la réapproprie, que les zombies aillent se faire foutre.

Le petit chat miaule de plus en plus. Ses oreilles se dressent, ses yeux verts s'ouvrent en grand : deux émeraudes dans la nuit. Je n'ai qu'une envie : le prendre dans mes bras et le caresser. Je m'avance davantage. Je ne sais pas pourquoi, je tourne la tête. Pur instinct animal. Quatre zombies approchent sur les côtés. Ils sont à deux mètres de moi. Je recule vivement, avec la vitesse que permet un réflexe. Je me cogne contre le battant de la porte. Le chat se met à cracher dans ma direction, son poil se hérisse, ses griffes sortent. L'haleine des créatures me saisit à la gorge au moment où j'arrive à me faufiler à l'intérieur de l'immeuble. J'appuie mon dos contre la porte, mais sans réussir à la fermer totalement. Leurs bras poussent, poussent, je sens leur force, leur rage, leur faim. D'une main, j'attrape la commode, mes doigts se crispent sur ses bords, je la tire contre la porte. L'odeur des zombies est forte et volatile, elle s'insinue dans mes narines, ça me rend fou. Des doigts se faufilent à l'intérieur, des doigts gris et sang, aux ongles longs, qui grattent le bois de la porte. Je pousse le meuble de toutes mes forces, je ne sais pas où je trouve cette éner-gie. La porte se referme brutalement et tranche les doigts qui tombent sur la commode comme d'énormes asticots. Je m'écarte, dégoûté. Mais les zombies continuent à pousser. D'autres les ont rejoints. Ils ne se fatigueront jamais. Je remets la barre de fer, j'entasse des caisses de vin sur le meuble et, une à une, je recloue les planches. À chaque coup de marteau sur un clou, j'ai l'impression de fermer le couvercle d'un cercueil sur le monde.

Je remonte dans l'appartement. Enfin, chez moi, bon Dieu, chez moi, je suis sauf. Je ferme la porte et je bloque la poignée avec une chaise. En bas, les zombies grognent et grattent. Des spasmes font trembler tout mon corps. Je suis sur le point d'éclater de rire, mais un cri est coincé dans ma gorge. Mon cerveau est plein d'images de leurs visages cauchemardesques. Je les imagine me dévorant, leurs dents se refermant sur mon bras et arrachant de pleines bouchées de chair. Peu à peu, je me calme. Une gorgée de bourgogne m'est d'une grande aide. Je repose mon verre sur la table du salon. Les yeux perdus, au loin, au-dessus des toits de Montmartre, je respire calmement. Je suis pris d'un doute, pas très agréable : et si le chat avait sciemment attiré les zombies par ses miaulements ?

Je sors sur le balcon. Il est encore en bas, il lève la tête vers moi, et me fixe de ses petits yeux. J'y lis de la méchanceté. Des zombies l'entourent, comme un petit roi. C'était un piège. La petite crapule. Il me tourne le dos, dédaigneux.

Cela confirme ce dont j'ai l'intuition depuis le début des événements : les chiens et les chats nous ont abandonnés. Ils ne sont jamais venus vers moi, ils n'ont jamais rôdé autour de l'immeuble. Ils ont choisi leur camp. Les zombies les ignorent, cette viande, ce sang, ne leur est d'aucune utilité. Ils ne sont pas leur nourriture, ni leurs jouets. Les animaux ont réappris à se nourrir seuls. Avec les zombies, ils peuvent s'entendre : ils ne sont pas leurs esclaves. Ils ont trouvé des alliés.

Je rentre prendre mon fusil, je reviens sur le balcon. Sans la moindre hésitation, j'abats le petit chat. La balle le propulse quelques mètres plus loin, près d'une voiture encastrée dans un banc. Il est littéralement coupé en deux, seule la peau de son dos retient encore les deux parties de son corps entre elles, sang et boyaux glissent sur le bitume. Il miaule de douleur et de surprise, puis il meurt. J'éclate de rire. La nuit me semble belle et pure.

Je passe les heures suivantes à renforcer la porte et les fenêtres de l'immeuble, clouant des planches et entassant des meubles.

Je ne ressortirai plus. Je suis Robinson, les zombies sont mon océan.

6 avril

J'ai mis du temps à voir que je n'étais pas seul. Je passais devant *elles* et je ne les remarquais pas. Puis, aujourd'hui, elles me sont apparues. Matin gris, j'allais particulièrement mal. Le suicide me semblait une option de plus en plus évidente. C'est alors que je les ai vues. Elles sont sous mes yeux dans la plupart des appartements, une population variée qui respire à sa manière, participe à l'élan vital de la planète, grandit, fleurit, donne des bourgeons : des fleurs et des plantes en pot. *Elles vivent.* Nous sommes donc de la même famille. Le manque d'eau en a tué une partie. J'enrôle les survivantes dans mon combat contre les zombies. Je les monte sur le toit pour que la pluie et la lumière leur redonnent des forces. Un manuel de jardinage m'a permis de les identifier : ficus, yucca, papyrus, principalement. Parmi ces végétaux, j'ai fait une rencontre un peu spéciale : un rosier. Je me suis pris d'affection pour lui et ses cinq roses rouges. Les pétales laissent transparaître de fines nervures, on dirait une peau et des veines. J'ai placé le pot à la tête de mon lit dans une petite assiette bordée de jaune. Je touche la terre pour vérifier son humidité. Je verse de l'eau à la base de sa tige, j'ai l'impression de donner la becquée à un oisillon. Je le regarde passionnément : il me nettoie les yeux.

7 avril

Mon cœur s'emballe parfois si fort que je me sens sur le point de faire une crise cardiaque. Pour dire la vérité : je l'espère souvent.

Il m'a fallu un mois pour comprendre que les zombies ne sont pas le vrai danger. *Je* suis mon pire ennemi. Les zombies ne peuvent franchir les trois étages, ils ne peuvent défoncer la porte. Par contre, ils courent dans ma conscience comme s'ils en avaient toutes les clés. Ils sont à l'intérieur de moi et il n'y a rien de plus effrayant.

À quoi bon vivre dans un tel monde ? À quoi bon vivre si on est seul ? Ceux que j'aimais sont morts. À certains moments, je pense me laisser contaminer : devenir l'un d'eux, céder au conformisme. Il suffirait d'une morsure.

Ils m'attirent comme le vide attire celui qui souffre du vertige. Je me sens aimanté, j'ai envie de me jeter dans leurs griffes et qu'ils me mettent en charpie, qu'ils me réduisent à l'état de masse informe et sanglante. Et me fassent disparaître. Ce ne sont pas seulement des démons. Ce sont mes démons, et ils m'obsèdent. Je suis terrifié par la place qu'ils prennent dans ma tête.

Personne ne viendra me sauver, personne ne viendra me consoler, personne ne m'entendra crier. Je suis perdu dans le vide et le froid de l'espace. Il n'y a pas d'échappatoire. Me faire dévorer, ce serait exister. C'est une idée séduisante que je repousse de toute mon âme. L'instinct de survie palpite encore en moi. Les fleurs et les plantes me donnent des forces dans ce combat. Nous sommes semblables : moi aussi je pousse. L'air entre en moi et ressort de mon corps. Je suis le lieu d'une métabolisation. Penser que je suis une plante me sauve de mes pensées d'être humain angoissé.

Je dois m'occuper, alors je range, j'aménage, je visite les appartements et je récolte de la nourriture. Tout plutôt que ne rien faire : les zombies sont excités par le vide de mon esprit.

Dès que l'électricité a été coupée, j'ai jeté les denrées périssables pour éviter que l'immeuble ne se transforme en bouillon de culture. Appartement après appartement, j'ai vidé les frigos et les congélateurs, j'ai enfermé les aliments dans des sacs en plastique et je les ai jetés par la fenêtre de la pièce où j'avais passé la première nuit et qui donne sur une cour intérieure.

Chaque garde-manger, chaque placard, est un Noël. Je découvre les habitudes alimentaires des voisins de Stella. Loués soient les inquiets et les paranoïaques, ceux qui avaient fait des provisions au cas où, celui qui a collectionné des dizaines de boîtes de sardines.

Je stocke les bougies, j'enlève une à une les portes des appartements et je les transforme en bois de chauffage en prévision de l'hiver.

Peu à peu, je prends possession de l'appartement de Stella. Quand nous nous fréquentions, j'avais secrètement le désir de vivre ici avec elle.

J'ai fait disparaître les dernières traces de sang, les bouts d'os. J'ai aéré. Passé trois jours à repeindre le salon en blanc bleuté. J'ai changé les meubles de place. Balancé les livres, les disques, les affiches que je n'aimais pas. J'ai poussé le grand piano à queue contre le mur, à droite de la porte-fenêtre. Il reste un peu de sang séché entre les touches que je n'ai pas réussi à nettoyer. J'y entasse les bouteilles d'eau pour former un mur bleuâtre et trouble qui m'apaise.

Je vis, je mange et je dors dans le salon. J'éprouve le besoin de limiter mon espace de vie à une seule pièce. Mon regard englobe tout. Ça me rassure. Le salon est plus grand que mon studio, je ne m'y sens pas à l'étroit : canapé-lit déplié, une table sert pour manger et pour écrire et dessiner. Meubler mon intérieur, décorer, bricoler, me permet de stabiliser mon esprit. Certaines heures, il me semble que j'ai réussi à me réinscrire dans une normalité.

12 avril

J'ai installé un fauteuil sur le balcon. Un fauteuil Voltaire vert anglais brodé de rouge sur lequel un chat a fait ses griffes sans ménagement. Je profite de la vue sur le quartier. Le ciel est bleu, parsemé de nuages comme des morceaux de coton étirés. De la fumée monte au-dessus de certains immeubles. Des incendies ont dû être causés par des accidents et des fuites de gaz. Le feu a peut-être été utilisé pour arrêter les zombies. Les flammes ont disparu depuis un moment, mais la pluie peine encore à éteindre les braises. J'observe les rues encombrées de files de voitures abandonnées, les bâtiments, fenêtres ouvertes, cassées, qui donnent sur des appartements ensanglantés. Et, un peu partout, des formes humanoïdes errent à la recherche d'une proie. Je prends un de mes fusils, je mets une cartouche dans le canon et, tranquillement, je vise la tête d'une créature. Plutôt grande, elle a une coiffure stricte et une petite bague au majeur de la main gauche, sa bouche est entrouverte. Le soleil illumine ses yeux fixes et fait briller sa peau grise.

C'est un journaliste à la radio qui, le premier jour des événements, a utilisé le mot que tout le monde avait sur le bout de la langue sans oser le prononcer : zombies. D'autres journalistes l'ont repris. J'ai été soulagé de ne pas être le seul à avoir établi cette taxinomie.

Oscar Wilde avait raison : la nature imite l'art. La profusion de livres et de films sur les zombies ces dernières années auraient dû nous mettre sur la voie. Notre futur était sous nos yeux, il se trouvait dans nos salles de cinéma et dans nos librairies.

Les avoir baptisés leur a donné une forme, aussi folle soit-elle. Ils sont quelque chose, et pas seulement des ombres pour l'esprit. Ils existent et nous sommes en train de disparaître. Le rêve succède à la réalité.

Voir ces zombies, copies conformes des zombies de cinéma, a, à certains moments, une étonnante conséquence. Cela me donne l'impression d'être un personnage. Je me sens courageux, apte à m'en sortir, comme une sorte de héros. Je prends la pose, un pistolet à la ceinture, un bandeau noir noué sur le front, la chemise ouverte sur mon torse.

Ce n'est pas simple pourtant. Je dois apprendre à vivre dans un monde qui semble avoir perdu à la fois gravitation et thermodynamique. Tout a changé. Les zombies ont leur place aux côtés de Copernic, de Darwin et de Freud : ils nous infligent l'ultime blessure narcissique. Nous savions que nous n'étions pas le centre de l'univers et de la nature, ni maîtres de nos pensées. Dorénavant, nous savons que nous ne sommes plus qu'une espèce en danger, reléguée dans des terriers. Nous avons été expulsés de la place que nous croyions occuper et qui nous rendait si arrogants. C'est un changement métaphysique. J'habite une contrée nouvelle dans laquelle l'homme n'est plus qu'un point à la marge. Une survivance.

13 avril

Le ciel reste désespérément vide. J'ai peint un message sur le toit, à la peinture blanche, pour indiquer ma présence au cas où un jour un avion ou un hélicoptère passerait.

Mais je ne me fais pas d'illusions : le ciel s'est refermé comme une blessure sans cicatrice. Seuls les oiseaux le peuplent désormais. Ils sont devenus mes compagnons. Les oiseaux sont ce qui ressemble le plus aux hommes. Pigeons, moineaux, rapaces, étourneaux, vous êtes ma compagnie, vos vols, vos sautillements à terre me rappellent les comportements humains. Ils cherchent de la nourriture, font leur nid, se séduisent. Leur éthologie ne m'est pas étrangère.

Les premiers temps, je dormais par tranches d'une ou deux heures tout au long de la journée. Maintenant je fais des nuits courtes mais complètes. Je me réveille avec le jour. Je crains les interminables nuits d'hiver dans quelques mois.

Les veines de mes bras ressortent, signe que je ne bois pas assez. Mes os sont saillants. Manger seul, ce n'est pas manger. C'est alimenter le four de la locomotive avec du charbon. Alors, de temps en temps, le midi, j'invite les oiseaux à mon repas sur le toit. Je place une assiette en face de la mienne sur une autre table, distante d'une dizaine de mètres. Les oiseaux sont timides. Leur assiette est remplie de miettes de gâteaux à la noix de coco. Ils se posent et picorent. Nous mangeons en tête à tête.

Je me suis attaché à mes vêtements (une chemise bleue, un jean, un pull noir col en V élimé) comme à mon identité et comme à un lien avec l'ancien monde. Je les portais le plus longtemps possible, puis je les lavais et les reportais le lendemain, encore humides. Il y a quelques jours, j'ai cessé de les mettre. Je suis allé faire du shopping dans les appartements. Les penderies et dressings se sont révélés de véritables magasins de mode. Il y avait toutes les tailles et tous les styles. Des dizaines de personnes avaient vécu ici, des familles entières. Moins d'un quart des vêtements correspondait à peu près à ma taille, et moins d'un dixième me plaisait, mais j'ai fini par me composer une nouvelle garde-robe. Une dizaine de pantalons, des chemises, des vestes, des cravates, des chapeaux. Chaque matin, m'habiller est devenu un jeu. Plus personne n'est là pour me regarder. Les premiers temps je me suis laissé aller à quelques excentricités (pantalon rouge, chemise à jabot, chapeau de femme). Rapidement je suis retourné à un style plus classique. Pour la première fois de ma vie, je repasse mes chemises et mes T-shirts (j'utilise un vieux fer chauffé sur le réchaud à gaz). J'ai l'intuition que c'est la chose à faire. Tout est détruit dehors, les zombies ne se soucient pas de leur apparence. Il faut donc que tout soit construit et beau chez moi. J'incarne la civilisation. J'en suis le gardien et le protecteur.

Par ces nouveaux vêtements, je me débarrasse de mon ancien moi. Pour ne plus souffrir, je m'invente une identité adaptée à la folie du nouveau monde.

19 avril

Le ciel est clair sans être trop lumineux, l'air se réchauffe. Passé la journée à tourner en rond. Comme un lion dans sa cage ? Comme un zèbre dans sa cage parmi les lions. Ennui et solitude sont des réalités solides. Pas des sentiments, mais des blocs de béton qui écrasent ma personnalité. Que je ne me sois pas encore suicidé est un mystère. Je crois que je ne vis que par esprit de contradiction. J'ai des années de pratique de ces sports que sont l'ennui et la solitude. Au final, je me retrouve dans la même position que lorsque j'étais enfant, ado, puis adulte : je suis seul et je n'ai rien à faire. Aujourd'hui ce ne sont pas le manque d'argent et le fait que j'habite la banlieue qui m'empêchent de faire des choses, ce sont les zombies. Mais le sentiment est le même.

J'aurais pu emménager ailleurs, pour me changer les idées, découvrir un autre paysage, divertir mon quotidien. Je pense au loft du septième étage par exemple. Mais ce serait un placebo qui ne me tromperait pas. Je suis attaché à ce lieu : c'était l'appartement de Stella. Pendant un temps, il m'a semblé encore sentir son parfum. Il y avait des photos d'elle. J'avais parfois le sentiment que c'était ma femme, que j'habitais avec elle, et qu'elle était en déplacement. Je l'attendais, elle ne tarderait plus. J'avais éliminé toutes les traces de la présence de son mari, découpé son visage sur les photos, mis ses vêtements dans des sacs, imbibés d'essence et lancés, enflammés, sur le boulevard. Les zombies ne s'étaient pas écartés.

Quelques jours plus tard, j'ai compris que l'attachement à cette femme qui ne m'avait jamais aimé et qui n'existait plus n'allait pas améliorer mon équilibre mental. Je me suis débarrassé de ses affaires, j'ai jeté les papiers portant son nom, brûlé son passeport et les photos. J'ai pleuré. Longtemps. Il est plus facile de pleurer une femme que de pleurer l'humanité. Le deuil ne finira jamais, je vais le cultiver comme un jardin intérieur. Je veux rester en deuil de mes parents, de mes amis, de ceux qui ont compté pour moi. C'est un état que j'aime, car il me rattache à ma condition d'homme, il me lie pour toujours à ces êtres, il les rend présents. Et quand je suis en deuil, l'ennui et la solitude se tiennent à distance.

25 avril

Je n'ai pas peur de devenir fou. Le monde n'a plus de sens, alors pourquoi s'en faire ? Qu'est-ce que ça veut dire rester sain d'esprit dans un monde ravagé par des êtres insensés sortis de l'imagination de créateurs d'effets spéciaux pour films de série B ?

La folie est peut-être là. Je m'en moque. Seule compte ma capacité à vivre. Rien d'autre n'est important. La folie peut m'aider. Elle me donne de la compagnie. Certains jours, après un verre de vin ou deux, il m'arrive d'avoir des hallucinations. J'entends des voix, disons plutôt des murmures. Je sais que c'est mon esprit qui est à l'œuvre. Mais ces voix rêvées sont tout de même ce qui se rapproche le plus d'une présence. Je ne suis pas seul.

La folie est un outil, c'est mon char d'assaut. Je m'y réfugie pour faire barrage à la folie du monde.

Ce matin, j'ai fait du rangement dans mes réserves de nourriture. Les boîtes de conserve de poisson, de raviolis, de légumes, les paquets de gâteaux, les tablettes de chocolat sont entreposés aux endroits libres des étagères de la bibliothèque du salon. Avec des planches de bois, j'ai condamné toutes les pièces de l'appartement : le salon est mon chez-moi. Un *Saint Georges et le dragon* est venu habiller le mur (je suis saint Georges face aux millions de dragons). J'ai entamé la lecture de *David Copperfield* (un roman réaliste est ce qu'il y a de plus dépaysant aujourd'hui).

Le temps s'écoule et j'attends qu'il m'apporte une réponse. Mais je sais que la seule réponse sera ma mort, naturelle ou pas. Comme les événements ne viennent pas à moi, je les crée. Je prends soin des plantes, je les arrose, je ramasse leurs feuilles, et à l'aide d'une petite paire de ciseaux je les taille. J'observe le mouvement des oiseaux et je note leur nom, leur nombre, les endroits où ils nichent. Mais le moyen le plus efficace de faire que quelque chose se passe est de sortir sur le balcon, d'armer mon fusil et d'abattre des zombies. Les affronter me donne le sentiment de mener une guerre. J'essaye de ne pas penser qu'elle risque d'être sans fin. Quand une tête explose, il se passe quelque chose.

27 avril

D'où viennent-ils ? Sont-ils le fruit d'expériences de l'armée américaine ? Une mutation naturelle de l'espèce ? Un virus ? Je ne suis pas biologiste, je ne compte pas faire de prélèvements. Ne pas savoir est une chance : la vérité est soit trop laide, soit trop banale. Il vaut mieux imaginer les mille explications possibles. C'est comme le big bang : on ne sait pas, et c'est tant mieux.

Une chose est certaine : on parle de zombies depuis la nuit des temps. C'est un invariant dans l'esprit des hommes. Ils étaient là dans les légendes pour nous signifier notre mortalité, la mort dans notre vie, et la vie dans la mort.

Nous avons été arrogants avec notre médecine et nos vitamines, avec notre ambition de faire disparaître la présence de la mort en mettant les cimetières à la marge de nos villes, en médicalisant les décès, en oubliant les rituels païens du deuil. La mort règne, on n'y changera rien. Je le sais depuis ma première crise d'angoisse existentielle à l'âge de six ans dans la petite chambre de l'immeuble d'une cité grise et pauvre où vivaient mes parents.

Les zombies arrivent au moment juste. C'était leur tour d'entrer en scène. Ils viennent terminer la destruction de l'humanité que nous avions commencée avec les guerres, la déforestation, la pollution, les génocides. Ils réalisent notre plus profond désir. Notre propre destruction est le cadeau que nous demandons au Père Noël depuis la naissance de la civilisation. Nous avons enfin été exaucés.

1ᵉʳ mai

Vie pratique. Le problème des déjections. L'eau a été coupée une semaine après le début des événements. Face à la chasse d'eau inactive, à ce qui flottait dans la cuvette, j'ai compris qu'il fallait cesser d'utiliser les toilettes si je ne voulais pas transformer mon appartement, et l'immeuble, en un marais nauséabond. Pendant un temps, j'ai jeté un seau par la fenêtre de la petite pièce où je m'étais endormi le premier soir : les déchets glissaient dans la minuscule cour. Mais polluer le monde extérieur n'était pas une bonne idée. Je sortirai peut-être un jour et il vaut mieux ne pas contribuer à créer une épidémie supplémentaire.

J'ai pris la terre des pots de fleurs et des plantes qui n'avaient pas survécu, et j'ai fait un compost sur un coin du toit que j'ai délimité par des briques rouges. J'y mets mes excréments et mon urine, je bêche, je retourne la terre. Ça devient du terreau fertile. Bientôt j'y ferai pousser des fleurs, un potager peut-être. Pour l'instant, ça pue à un point à peine croyable. Mais au moins c'est *ma* puanteur.

Je n'ai pas des stocks illimités de papier toilette et cela s'annonce comme un de mes pires problèmes.

Une pyramide de trente-cinq rouleaux roses et blancs est dressée sur le piano. Je me rincerai à l'eau de pluie. Je ne vois que ça.

Mon corps est ce qui me rappelle à la réalité. Faire mes besoins, me couper les ongles, me couper les cheveux, tailler ma barbe. Le corps donne un chemin à mon esprit. La vie continue, rien ne l'arrêtera : je suis vivant. Quand je suis occupé à ces toilettes je ne pense pas, je ne désespère pas. Je fais ce qui doit être fait. Le monde a du sens, il est concentré dans ces gestes minuscules. Je prends soin de mon corps, je le sculpte. Je le mène jusqu'au jour suivant.

Je mets mon cœur dans toutes les petites choses. Faire la vaisselle et se concentrer sur chaque couvert, sur l'assiette, le verre, pour éliminer les monstres à l'extérieur, pour tenir à distance le passé des massacres et le futur du danger. Dans l'instant, je suis à l'abri. L'éponge lave la vaisselle comme elle lave mes pensées, elle les débarrasse de l'inutile angoisse et des peurs qui me font vaciller. De même, ranger m'aide à mettre de l'ordre dans mes pensées : en empilant et en classant les boîtes de conserve et les bouteilles, en pliant mes vêtements, je fais cesser le désordre en moi. Je me reconstruis et je reconstruis le monde par des gestes.

5 mai

Les zombies se déplacent lentement comme des personnes âgées en train de faire leurs courses au supermarché. Ils ne semblent pas très en forme. Mais, en réalité, ils sont increvables. Ce sont des vieillards endurants et agressifs. Leur appétit les anime : ils sont affamés, bouche en avant, ouverte, baveuse, lèvres blessées, dents sorties. Leurs ongles sont noirs de sang coagulé et de saletés, abîmés, parfois arrachés. Leurs doigts sont crispés, ils semblent agripper l'air même. Je les observe aux jumelles pour distinguer les plus petits détails. Leur peau sécrète une sorte de pus couleur terre.

Pendant un moment, j'ai espéré qu'ils se désagrégeraient comme de véritables cadavres, que les bactéries s'engouffreraient dans leurs blessures et les réduiraient à l'état de squelettes. J'ai pensé que les insectes se régaleraient et que leurs larves les mangeraient de l'intérieur. Mais je me suis trompé. Par je ne sais quel bizarre phénomène, ils ne pourrissent pas. À force de les regarder, et de suivre, au fil des semaines, certains individus, mon hypothèse est que leur chair est grouillante d'une vie viciée et néanmoins forte, et maintient leur homéostasie. La corruption et les blessures, entretenues et préservées, sont un état de santé parfait. Quelque chose palpite en eux, et ce n'est pas leur cœur. Leurs vêtements, en revanche, partent en lambeaux, déchirés, tachés, délavés par la pluie, abîmés par l'usure. C'est un étonnant spectacle de les voir peu à peu se dénuder. Des seins et des sexes gigotent, des fesses apparaissent. Ils ne sont plus seulement effrayants, mais grotesques.

7 mai

Mes deux fusils sont mes béquilles. J'aime quand leur corps devient chaud après chaque tir. Il y a de la vie en eux.

J'ai commencé à abattre des zombies dès le premier jour de l'épidémie. Je voulais aider les résistants et les fuyards, ceux qui osaient sortir dans les rues. Moi qui suis le plus inoffensif des êtres, je me suis révélé doué au tir au fusil. Puis, j'ai compris que leur faire la guerre avait un rôle : ne pas sombrer dans le désespoir. J'étais actif.

Les tuer est simple : il faut leur tirer dans la tête. C'est un art que je rêvais de pratiquer depuis longtemps. Réaliser ce désir n'est pas un maigre contentement, je l'avoue. Ce n'est pas la fête foraine : c'est mieux.

J'ai mon petit rituel. Je me sers un verre de vin, je m'assois dans le fauteuil sur le balcon, je pose le canon de mon fusil sur la rambarde, et je leur explose la tête.

Ça n'a pas été évident. Ces créatures ont été vivantes, elles auraient pu être mes amis et mes collègues. Pire encore : mes lecteurs. C'étaient des êtres humains. Certes j'ai toujours eu le sentiment d'appartenir à une espèce différente, mais les voir transformés en monstruosités m'a rappelé notre lien. Leur lâcheté et leur superficialité passées ne me semblaient plus aussi importantes. Dans mon ventre et dans mon cœur, je sentais le désir de les venger. Il fallait que les hommes disparaissent pour que je sois ému par eux.

Pour être honnête (et comme plus personne n'est là pour me juger, je me laisse aller au plaisir d'arrêter de me mentir à moi-même), mes sentiments ne sont pas si nobles : *j'aime* flinguer les créatures qui portent les signes extérieurs qui auraient justifié mon animosité avant les événements. C'est avec plaisir que j'abats telle connasse et ses vêtements chics, tel imbécile dans son costume noir. Ils sont l'incarnation de deux horreurs : des zombies et mes ennemis sociaux. C'est une vengeance posthume contre tous les sombres crétins qui ont tenté de me pourrir la vie depuis l'enfance.

Être dans un quartier à la mode comme Pigalle a un grand avantage : je peux flinguer les ombres de la jeunesse dépensière et égoïste, la bourgeoisie branchée, faussement préoccupée des pauvres, prédatrice et qui parle fort.

Les premiers jours, je tirais sur les zombies par panique, sans rien atteindre, pour avoir l'impression de faire quelque chose. C'est au bout d'une bonne semaine que j'ai pris la peine de tirer pour tuer. C'est devenu un acte réfléchi. Il m'a fallu une bouteille de vin et une demi-heure avant d'enfin pointer le viseur au niveau d'un front et d'appuyer sur la gâchette. J'avais peur de m'installer dans ce rôle de tueur qui ne me ressemble pas. Peur surtout de susciter leur colère et de me faire repérer. Tirer, c'était une déclaration de guerre. Je suis le contraire d'un guerrier, il n'y a pas de sang de cow-boy ou de samouraï en moi ; j'ai toujours évité les affrontements. Mais cette fois-ci, je n'avais pas le choix : le monde voulait ma mort. Ma main tremblait, je transpirais, mon cœur battait fort. J'ai appuyé. Le recul du fusil a fait partir mon épaule en arrière. La balle est allée se perdre dans le ciel. Le deuxième essai m'a permis de loger une balle dans la jambe d'un zombie. Ce dont il ne s'est même pas aperçu. Le troisième essai a été le bon : la balle est entrée au-dessus des yeux d'un zombie mâle en costume. Il s'est affaissé.

Je n'ai cessé de m'améliorer. Maintenant c'est un vrai plaisir que de suivre leur marche mala-droite et hébétée, et d'attendre qu'ils tournent le visage dans ma direction. Je souris et j'appuie sur la détente. Leur tête explose en libérant une géla-tine rouge et marron. Leurs yeux ne montrent même pas un instant de surprise. Ils font encore un ou deux pas, ils chancellent, et s'écroulent. Leurs semblables ne réagissent pas. Ils ne com-prennent pas que je viens de tuer l'un des leurs, que ça pourrait être leur tour. Ils ne se cachent pas, ils ne se protègent pas. J'ai fini par com-prendre pourquoi : ils sont la foule. Ils sont la Mort elle-même qui ne s'effraie pas de la mort. Leur nombre les met à l'abri de toute disparition. Même à découvert, ils sont, en tant qu'espèce, en sécurité.

Je me suis fixé une règle : ne jamais leur tirer dans le dos. Je veux rester attaché à des valeurs, des principes et des règles, car cela me différen-cie d'eux. Je ne me fais pas d'illusion sur ma morale pourtant : si je sors un jour, je n'hésiterai pas à leur tirer dans le dos. On est très noble et plein d'éthique quand on est à l'abri. En vérité, ma survie passe avant tout et les zombies ne comptent pour rien.

À ce jour, j'en ai abattu cent neuf (je trace des petites barres sur la rambarde de pierre du balcon). Le stock de balles dans le placard de la chambre est important, mais pas éternel.

Je tue trois zombies par jour de manière à rester sur mes gardes et à améliorer mon tir. Plus symboliquement, ça me permet d'avoir toujours présent à l'esprit notre antagonisme total : j'affirme et je réaffirme que *nous sommes ennemis*. En tuer plus n'aurait pas de sens. Je sais que je n'en arriverai jamais à bout : ils sont trop nombreux. Certains jours, ils ne sont qu'une dizaine sur le boulevard devant l'immeuble, mais d'autres fois, ils se déplacent par milliers. Ils sont comme les vagues d'une marée maléfique avec son rythme propre, gémissante, hantée par une faim perpétuelle, mordant le vide en attendant une proie.

Les affronter n'est pas pour me déplaire : enfin des adversaires avec lesquels il n'est plus question de politesse, de bienséance, de codes sociaux. Non. C'est clair. *Je vous hais et je vais vous tuer.* Ça fait un bien fou d'abandonner le vernis humaniste qui nous empêchait de massacrer les connards qui dictaient leur loi. J'ai un but, un combat : j'existe. Je me venge de trente-six années de mauvais traitements. Et bon Dieu ça me rend heureux.

12 mai

Il y a des grincements, des bruissements, des choses bougent et craquent. La nuit surtout. Longtemps, je me suis réveillé au moindre son, je me suis levé, emmitouflé dans mes couvertures, pour me coller dos à la porte de l'appartement, un fusil contre la poitrine. J'ai rapidement compris : ce sont les bruits normaux d'un immeuble, les micro-mouvements du plancher, la pierre qui travaille, les différentes pressions qui s'affrontent. Un immeuble est un champ de forces, le bois et le béton poussent chacun de leur côté, négocient un peu plus d'espace, ils tentent de s'entendre, de vivre ensemble, comme des milliers de greffes collées et superposées.

J'écris et je mange à la même table en bois rectangulaire, à l'angle du canapé-lit, face à la porte-fenêtre qui donne sur le balcon. J'ai mes stylos et mon cahier. Je me raccroche aux mots que j'écris. C'est en écrivant que je pense. Le dessin des lettres et des mots repousse l'horreur. Ce rectangle de quinze centimètres sur dix à couverture noire et souple est un radeau de survie : je suis en sécurité quand j'écris. Dès que je lève mon stylo le chaos revient, la tristesse d'avoir perdu ceux que j'aime. L'encre sur la page me sauve, j'en aime l'odeur, j'aime les taches qu'elle fait sur mes doigts, c'est le contraire du sang. Lorsque je suis concentré sur ce cahier, j'ai l'impression de me retrouver, les monstres disparaissent, je suis dans mon cocon. Et puis, écrire est mon métier, c'est ce qui me définit. Je prends des notes sur les événements pour le lecteur que je suis, pour me rendre compte de ce qui s'est passé et continue à se dérouler sous mes yeux. J'écris aussi dans l'espérance de lecteurs futurs qui comprendront et porteront notre mémoire. Je dresse le portrait des êtres que j'ai connus, je dessine leurs visages avant que ma mémoire ne les transforme ou les efface. J'ai écrit la soirée de ma rencontre avec Noémie. C'était en mai, un mois de mai pluvieux et doux, il y a maintenant huit ans. J'étais en train de faire des recherches à la bibliothèque Sainte-Geneviève pour un épisode du soap-opéra. Elle était étudiante. J'avais pris tous les livres sur les parfums, l'épisode à écrire portait sur l'ascension d'un jeune parfumeur. Noémie était étudiante en chimie et son mémoire traitait de la tenue des parfums. Elle avait posé ses mains devant moi, parmi mes notes et, sans un sourire, elle m'avait reproché d'avoir « volé » les livres sur le sujet. J'avais souri. Elle avait répondu à mon sourire. Je lui avais proposé de partager. Nous avions continué la soirée autour d'un verre de vin. Elle portait une jupe bleue avec une broderie blanche, très fine, ses yeux passaient de l'espièglerie au plus grand sérieux. Puis elle était allée rejoindre son copain. Au bout d'un an de rendez-vous, d'e-mails, d'échanges de livres à la pâtisserie viennoise rue de l'École-de-Médecine, elle avait fini par quitter ce type, et nous étions sortis ensemble. De mon point de vue, notre relation avait été forte et magnifique. De son point de vue, elle avait été romantique et usante, on courait toujours après l'argent, on ne partait pas en vacances. Je crois que nous nous aimions mais que nous ne voulions pas la même chose. Elle aspirait à une vie sociale, à des sorties, des voyages, et je ne proposais que des séances de cinéma pour des films en noir et blanc et des soirées à lire au lit. Elle voulait jouer le jeu d'une société qui me révulsait. Il m'avait fallu un clignement de paupière pour détester ses amis et sa famille. Se séparer était inévitable.

J'ai écrit mes souvenirs du professeur Inselberg aussi, mon mentor de la fac d'anthropologie, ces soirées où il recevait les étudiants les plus passionnés pour discuter en buvant un thé noir ancien qui avait le goût de tourbe, de sous-bois et de champignon. Il vivait avec sa femme (une mathématicienne au chômage en raison de problèmes psychiatriques) dans un appartement de trois pièces dans le 5e arrondissement. Il y avait des livres partout et une belle collection de vinyles de jazz des années 1920 et 1930. On se sentait protégé chez lui. De sa voix fluette et pleine de vie il nous racontait aussi bien Hérodote que ses séjours dans des tribus lointaines ou l'exotisme des réunions à l'université.

Je me prépare un verre de cacao à l'eau, je coupe une part d'un gâteau industriel aux noix et au sucre glace. Le ciel est traversé d'oiseaux. Le parfum de mon rosier est plus présent que jamais, de temps en temps un pétale tombe, je le pose sur une étagère. Certaines journées sont moins difficiles que d'autres.

14 mai

La porte-fenêtre est quasiment tout le temps ouverte. Certes ça m'expose aux grognements des zombies, mais ainsi je profite du chant des oiseaux. Je suis aux aguets de leurs sifflotements, je leur réponds en chantonnant. Chaque matin, j'émiette un biscuit sur le balcon.

La musique me manque. J'ai un vieil iPod, petit animal en hibernation qui contient dans son ventre tous les albums des Clash. J'ai déniché un trombone au fond de la penderie dans la chambre de Stella. Elle a dû prendre des cours étant jeune. Ça m'a ému. Je joue tous les jours, sans retenue, sans craindre remarques et moqueries. Aucun voisin n'est là pour se plaindre. Quand je repose le trombone, il n'y a pas un bruit, pas de radio, pas d'éclats de voix.

Le silence a été une découverte, comme la découverte d'un continent. Il est apparu le matin où la dernière radio locale (près de Colmar) s'est éteinte. Pendant trois jours, mes oreilles ont bourdonné. J'ai cru devenir fou. Mon cerveau avait besoin de remplacer le bruit extérieur, de combler le silence. La nuit du troisième jour, le bourdonnement a disparu. Et je suis resté avec le silence.

Je l'ai trouvé plein, épais, gras, écœurant. Il me rendait malade, il était trop riche. J'étais obligé de prendre des somnifères (l'armoire à pharmacie de Stella est une vraie malle aux trésors pleine de psychotropes) pour dormir, et des anxiolytiques dans la journée. Je cassais des assiettes, j'ai fabriqué une sonnette rudimentaire avec de vieilles fourchettes et des morceaux de fer attachés à une ficelle qui tintinnabule quand j'ouvre la porte-fenêtre. Toutes les occasions sont bonnes pour inventer du son. Et puis, quelques fois par jour, les zombies rugissent.

Mais le silence revient toujours. J'ai dû me résoudre à accepter qu'il s'insinue dans tout mon être. Je l'ai laissé me vaincre et effacer mes vieilles habitudes sonores, ce brouhaha perpétuel de la vie civilisée. Et finalement ça a été un gain. Cela m'a pris plusieurs semaines, mais aujourd'hui je vois combien le silence qui m'irrigue me rend plus fort et plus stable. C'est un fleuve invisible dans lequel je me baigne, et dont les nourritures sont à portée de main. Il n'est plus synonyme de peur. Au contraire, s'il est là c'est que tout va bien. Il n'y a plus de marchands de glaces, plus de livreurs ou de promeneurs. Le bruit ne signifie qu'une chose : « Danger, des zombies approchent. » Le bruit, c'est la mort.

16 mai

J'ouvre les yeux et j'ai l'intuition d'une belle journée. J'arrive maintenant à savoir quelles journées seront maussades, tristes, désespérées et lesquelles seront à peu près agréables. Les oiseaux chantent comme jamais. Je frissonne, j'ajoute un pull sur mon T-shirt, et je me lève. Quelques étirements, quelques pompes, petit déjeuner, café chaud, deux mini-cakes en sachet, un demi-verre de jus de pamplemousse. Un étourneau s'est posé sur la rambarde du balcon. Je lui souris.

Je monte sur le toit pour faire ma toilette. À chaque marche, j'étire les muscles de mes jambes, je baisse mes épaules. L'entretien du corps passe par de petits gestes.

D'un coup de pied, j'ouvre la porte. Je vais droit sur la bassine, j'enlève mon pull et mon T-shirt. Je me penche sur l'eau. Et je vois le reflet d'un autre visage. Sombre et grimaçant.

Je roule sur moi-même. Le zombie s'écrase sur la bassine. Merde. Je n'ai pas mon fusil. Pour quelle raison me suis-je senti en sécurité ? Qu'est-ce qui dans mon esprit imbécile m'a permis de croire qu'ils ne grimperaient pas par les immeubles mitoyens ? Je regarde autour de moi. Il est seul.

La porte du toit de l'immeuble d'à côté est ouverte. Je n'ai pas de temps à perdre. Il se relève, comme téléguidé. Il vient vers moi. Tout va très vite. Je saisis la chaise sur laquelle je m'assois pour déjeuner et je le frappe à la poitrine. Trop bas. Il recule un peu, et repart à la charge bras en avant. J'essaye de ne pas regarder son visage, mais mes yeux captent des images fugitives de sa monstruosité. C'est une femelle, elle a les cheveux longs, la peau du front est arrachée et laisse apparaître la boîte crânienne. Ses cheveux forment des tresses nouées par la crasse. Je tente de la frapper à nouveau, mais la chaise glisse de mes mains et va valdinguer derrière elle.

Je recule, elle me suit, ça peut durer éternellement. Elle est assez lente, ses gestes et ses pas ont une certaine lourdeur, mais elle est efficace. Je regarde derrière moi. J'ai besoin d'une arme, à mains nues je suis mort. Et je dois toucher sa tête. Je saisis la bêche avec laquelle je jardine. Je donne de grands coups sur ses côtés, ses flancs, pour la tenir à distance, mais elle s'en moque, elle encaisse. Enfin, je la frappe à la tête. Sans effet. Il faudrait que je lui explose le crâne pour atteindre le cerveau.

Elle devient de plus en plus agressive. Dents sorties, grognement, yeux injectés. Comme un animal qui a la rage. Elle se jette sur moi, les bras en avant. J'esquive. Je frappe au crâne. Pas assez fort. Je m'épuise, et elle reste en pleine forme.

Je comprends qu'au corps à corps je n'ai aucune chance. Je vais faire un faux mouvement, tomber, et elle m'attrapera. Ma vie se joue là. Ça pourrait être un frein, me glacer, mais ça me donne de l'énergie. Je ne vais pas me laisser faire. Pour une fois, le combat est d'égal à égal et j'ai des comptes à régler.

Je la tiens à distance en la frappant à la poitrine. Je l'oblige à reculer. Mon arme de fortune vibre dans mes mains, une écharde est entrée dans ma paume, je saigne, mais je ne sens rien. Peu à peu je l'amène là où je veux. Obsédée par ma poursuite, elle ne comprend pas qu'elle se met en danger. Elle avance vers moi, mécaniquement.

Enfin, elle est dos au bord du toit. Je lance la bêche en avant, la pointe la frappe au milieu de la poitrine. Elle vacille, mais elle ne réagit pas à sa perte d'équilibre, son visage est toujours aussi agressif, elle tombe mais elle n'abandonne pas, ses doigts pointent toujours dans ma direction, et elle s'écrase au sol. Je reste à la regarder. Je n'ai pas le sentiment d'une victoire. J'ai failli mourir à cause de mon inconséquence.

Jamais, plus jamais cela ne doit se reproduire. Je cloue des planches sur les portes du toit des deux immeubles mitoyens. J'ajoute des briques. Mais les zombies peuvent venir de plus loin. Il y a bien une dizaine d'immeubles qui permettent de parvenir jusqu'au mien par les toits. Alors je condamne leurs portes. Ça me prend deux jours. Je pratique un trou dans la porte du toit de mon immeuble : désormais, je regarderai si la voie est libre.

24 mai

On ne nous l'avait pas dit. On aurait dû le comprendre. La haine c'est du plaisir, pur et sans nuances. Elle donne un ciel et un sol, un air et une eau. C'est un aliment complet, nourrissant et vitaminé. Enfin on peut se laisser aller à être franc : il y a des ennemis. Et ils n'ont aucune circonstance atténuante. Ce sont des ennemis faits de millions d'atomes ennemis. Ils sont parfaits. C'en est presque beau. Ils se traînent, lents et laids, agressifs et idiots.

Je ne me contente plus de les abattre proprement. Je leur loge une balle dans le genou et j'observe combien de temps ils mettent à tomber. C'est un jeu hilarant. L'os se déboîte et ils s'effondrent en déséquilibre. Mais ils continuent à avancer. Je vise les articulations de leurs mains et de leurs bras. J'évite soigneusement leur crâne. Bientôt ils ne sont plus qu'une masse informe, sanglante, et qui se contorsionne. J'essaye de les éduquer à la douleur. Ils ne souffrent pas à proprement parler, leur seule souffrance ce serait une incapacité à mordre une éventuelle proie. Alors je leur explose le visage. Sans dents, ils ne peuvent pas mordre, ils deviennent des êtres inoffensifs, gueulards et ridicules. À chaque fois que je me livre à ce petit massacre, je gaspille une bonne douzaine de balles. Mais le spectacle vaut le coup.

La haine est le soleil de mes journées. Elle m'a tiré de ma léthargie. Elle me remplit de forces et dessine un sourire d'acier sur mes lèvres. Je me regarde dans le miroir du salon et je me vois heureux, les yeux brillants, un sourire extatique aux lèvres.

25 mai

Dans les appartements, j'ai trouvé huit vieux appareils photo : un Rolleiflex, un Leica, et des reflex de qualité moyenne. La couche de poussière suggérait qu'ils n'avaient pas été utilisés depuis longtemps. Ils avaient été relégués dans des cartons et des fonds de placards, remplacés par des appareils modernes, et aujourd'hui inutilisables. La fin de la civilisation est leur chance, leur retour à la vie : ils n'ont pas besoin d'être rechargés à l'électricité. Le stock de pellicules s'élève à douze, de quoi faire presque trois cents clichés. Je prends une photo par semaine. De mon lieu de vie, des zombies, de la ville déserte, des oiseaux. Ces pellicules ne seront jamais développées. Mais savoir que des images de ma vie quotidienne reposent dans ces appareils fait partie de ces ruses qui m'aident à m'inscrire dans ce nouveau monde. Je ne suis pas le seul à voir ce que je vois. La technique l'a enregistré. Il y a des preuves.

Paris est magnifique depuis que la ville est abandonnée et abîmée. Le calme et le vide permettent de l'admirer comme jamais. Nous sommes le 25 mai et les arbres du boulevard Clichy explosent de bourgeons et de feuilles. Insensibles à notre disparition, les oiseaux volettent et chantent. Ce sont à eux que je raccroche mon âme.

Cela fait presque trois mois que l'épidémie a commencé. La nature est de plus en plus présente. Hier j'ai découvert un nid de tourterelles sur la gouttière d'un bâtiment de Montmartre. Les plantes en pots sont mortes, tandis que les autres grimpent sur les murs et se répandent.

La ville résiste bien. La végétation locale ne recouvrira pas Paris. Pas de risque qu'elle se transforme en une cité perdue dans la forêt vierge. La nature et les constructions humaines sont à égalité. Les immeubles abandonnés et la flore qui reprend peu à peu ses droits habillent Paris de parures inédites. Maintenant qu'elle ne sert plus à rien, j'aime cette ville. Je m'y sens chez moi. Il fallait la débarrasser des parasites du travail et de l'agitation commerciale, des bars et des conversations idiotes. Elle respire enfin, et se détend, sa beauté n'a jamais été aussi éclatante.

J'ai passé l'après-midi à observer le vol des hirondelles. Leurs plumes noires et blanches découpent le ciel en tranches. Les oiseaux volent ensemble et se séparent. Ce sont sans doute des jeux amoureux. Ça me réconforte que la nature s'aime et pense à se reproduire. Quand deux hirondelles, un mâle et une femelle, se sont échappées ensemble, j'ai été aussi ému que la première fois que j'ai vu Humphrey Bogart et Lauren Bacall s'embrasser au cinéma.

28 mai

Après avoir récolté l'eau de pluie dans les douze larges bassines de plastique posées sur le toit, je la transvase dans des bouteilles et des bidons. Je note la date au feutre sur des étiquettes que je colle sur chacune, et je les entrepose près de mon lit et sur le balcon, de manière à boire les plus anciennes avant les nouvelles. Une des tâches rituelles de ma journée consiste à vérifier mon stock d'eau. Je ne risque pas de mourir de soif : il y a assez de bouteilles de vin dans les appartements de l'immeuble pour tenir des mois.

Des amateurs de camping et de randonnée avaient habité l'immeuble, j'avais trouvé quinze petites bombonnes de gaz. Je les utilise avec parcimonie, pour le café et quand j'en ai marre de manger froid.

Mon père appelait ça « faire une toilette de chat ». Quand j'étais enfant, certains soirs, trop fatigué, je me lavais avec un simple gant de toilette dans une bassine. Je renoue avec cette tradition. Le printemps me permet de l'effectuer sur le toit. Un peu de savon, un gant, et des giclées d'eau sur le corps. J'ai l'habitude de me laver à l'eau à peine tiède : le ballon d'eau chaude de mon ancien studio de Belleville fonctionnait mal. Des années de galère m'ont préparé à affronter cette nouvelle vie. Bien sûr, cet hiver sera plus difficile. Je ferai chauffer de l'eau sur l'âtre de la cheminée, et je me laverai comme nos ancêtres. Je constitue ma réserve de bois, je casse des portes et des placards et je les réduis en planchettes.

J'ai installé de nouvelles étagères dans le salon. J'y dépose les provisions que je ne cesse de trouver dans les appartements, des médicaments, des boîtes de conserve. Je range les armes (pistolet d'alarme, spray au poivre, lacrymo, couteau, sabre japonais, c'est fou tout ce qu'on peut trouver dans des appartements en apparence respectables) dans une caisse sous le piano.

La vue est belle. Si je ne baisse pas la tête vers le boulevard, je ne vois pas les zombies, mais Montmartre. Mon cerveau arrive de plus en plus souvent à atténuer leurs cris et leurs grommellements. Ils sont comme les grillons en Provence (mais parfois ils deviennent de véritables acouphènes).

Ils essayent d'entrer dans mon esprit, le soir, la nuit surtout. Mais, posément, pas à pas, je les repousse. Je veux survivre. Pourquoi ? Je ne sais pas vraiment. J'ai juste l'intuition que c'est ce que je dois faire.

Ce soir, j'ai tué deux zombies. Leurs crânes ont explosé dans le soleil couchant et c'était beau.

1er juin

En dépit des centaines d'heures passées à scruter les immeubles et les rues avec mes jumelles, je n'ai vu aucun signe d'une présence humaine. Je continue, pourtant. Les gens ont été contaminés, ou sont morts dans leur voiture, dans les transports en commun en essayant de fuir (les accidents de circulation et les mouvements de panique ont certainement tué des milliers de personnes). Tragique erreur. Fuir vers où, bandes de crétins ? À la campagne ? Parisiens idiots, naïfs idéalisateurs de la nature. À la campagne, on est à découvert. Il fallait rester sur place. Paris n'était pas en train de couler, c'est l'humanité qui sombrait. Il fallait s'accrocher à notre ville comme à un radeau.

Je ne pense pas que l'espèce humaine va disparaître. Je n'ai aucun doute sur le fait qu'il y a des gens plus paranoïaques (et plus malins, plus habiles, plus misanthropes) que moi qui vivent dans des camps retranchés ou des bunkers (et malheureusement pas mes parents, pas mes amis). J'imagine que pas mal de milliardaires se sont échappés en hélicoptère vers telle île paradisiaque ou montagne inaccessible. Je ne me fais pas de soucis, l'espèce humaine survivra. Nous sommes les véritables cafards du monde : increvables. Mais la Terre ne nous appartient plus, nous en avons rendu les clés.

4 juin

Je leur reconnais ça : ils sont persévérants. Trois mois sont passés et, au moins une fois par jour, ils se massent en bas de l'immeuble, ils tendent leurs doigts dans ma direction. Créatures obsessionnelles, elles ne se lassent pas. Étant moi-même une créature obsessionnelle (tout écrivain l'est), je les comprends : on ne lâche rien. Il y a quelque chose de mécanique en eux, comme dans un jouet ou un phénomène naturel. Ils ne me surprennent plus : je me montre au balcon, je fais du bruit, et ils prennent la direction de l'immeuble. Cet automatisme causait ma terreur au début, aujourd'hui il me rassure.

Leur apparence physique tend à s'unifier : ils ont la peau gris foncé et les cheveux sombres. On pourrait penser qu'ils n'ont pas d'individualité. De loin, ils forment une masse de têtes et de bras, comme le chœur d'un opéra. Pourtant, quand ils ne se dirigent pas vers une proie hypothétique, qu'ils traînent chacun dans leur coin, alors je vois apparaître des singularités. Il y a des restes de leur personnalité passée : des tics, une certaine manière de tenir la tête, de plisser les yeux, d'avoir les épaules levées. Ce n'est pas flagrant. Mais la découverte de ces marques personnelles m'a fait du bien. Ça leur a donné du caractère. Depuis hier, j'en ai choisi deux, je les ai nommés Richard et Catia (du nom des héros de mon avant-avant-dernier roman, *L'amour est un soleil sous la pluie*) et je les suis avec mes jumelles. Richard a de l'embonpoint, les cheveux mi-longs, des baskets et un long manteau noir. Catia porte un pantalon en velours mauve, une veste bleu marine et ses cheveux sont noués en nattes.

Je m'attache à eux. Le matin, je les cherche dans la foule. Dès que je les repère, je suis heureux. Je les observe tourner en rond et marcher aux côtés de leurs congénères. Je les ai adoptés. Ainsi j'ai le sentiment de briser la foule des zombies. Je ne vois plus les centaines d'êtres monstrueux. Je vois Richard et Catia qui se promènent. Du haut du balcon, je leur adresse un petit signe de la main. Ils me répondent, les bras levés.

9 juin

Je pose la main sur mon réveil. Il fait frais, je tire la couverture sur mes épaules. Mon premier regard est pour mon rosier. Je passe ma main sur ses feuilles, comme je caresserais un animal domestique. Mais le rosier ne réagit pas.

J'ai besoin de sentir un corps.

Après la séparation d'avec Noémie, je n'ai connu aucune femme, pas d'histoire, pas d'aventure sexuelle. Ça ne collait pas à ma conception des choses. Je m'occupais autrement, j'écrivais, je lisais, je prenais soin de moi, je domptais la solitude. J'avais des contacts humains, je les sollicitais même. Une poignée de main, faire la bise aux filles de Galaxy et de Pégase éditions et à Lucia, les longues accolades avec mon père et Michel, la main des enfants malades que je tenais et qu'ils serraient. Mon corps touchait et était touché.

Depuis quatre mois, ce n'était plus le cas. J'ai mis du temps à comprendre que c'était important, plus encore même que parler, écouter, voir, être vu. Je prends conscience d'une évidence : je suis en train de disparaître. Si on ne me touche pas, je n'existe pas. Je me dissous dans l'air, je deviens flou. Mon corps s'étale, il grandit comme une mare de sirop d'érable, sirupeuse et sans limite. Les frontières de mon corps ne sont plus bornées par les jalons des poignées de main et les bises, ces petits gestes qui nous font nous sentir exister physiquement. Ce n'est pas de la douleur, c'est pire : je deviens le monde, il n'y a plus de différence entre la nature et moi.

Je me suis fait de nombreuses petites blessures depuis les événements. Je comprends maintenant que c'était une manière de me rappeler à mon corps et à une certaine santé mentale.

J'approche mon doigt d'une épine du rosier et je me pique. Une goutte de sang apparaît. C'est bien, je suis là. Mais ce n'est pas suffisant. Mon corps a faim d'un contact avec un être qui aura conscience de moi.

Je me lève. Je prends un gâteau sec au chocolat blanc sur l'étagère. Je bois un verre d'eau.

Depuis plusieurs jours je rumine une idée folle. Il est temps de me lancer.

Je mets le haut d'une combinaison de plongée, j'entoure mon bras gauche avec du film alimentaire, j'ajoute un sweat-shirt. Je mets un gant en latex à ma main gauche, j'en ajoute un deuxième, je le recouvre d'un gant en cachemire, d'un gant de plongée, enfin je mets un gant de motard.

J'enroule une corde d'alpinisme sur mon épaule et je descends au deuxième étage. Je reste un instant devant la porte de l'appartement qui se trouve exactement en dessous du mien. Je pousse la porte et j'entre d'un pas décidé. La décoration est tout en rotin et en meubles exotiques de pacotille, il y a des masques africains aux murs et des photos d'agence de voyages encadrées. J'ouvre la porte-fenêtre. Une trentaine de zombies sur le boulevard, immobiles, comme des arbres difformes.

Je frappe le rebord du balcon avec une grande cuillère. Glong-glong, glong-glong. Instantanément, ils s'animent. Leur menton se lève, et ils se dirigent vers l'immeuble.

Bientôt ils sont là, les mains tendues, la bave aux lèvres, grognant, les yeux méchants.

Je fais un nœud coulant avec une extrémité de la corde. Technique vue dans un documentaire sur les gorilles. Salopards de chasseurs de gorilles. Je descends la corde, un zombie tente de l'attraper, je le contourne, et je pose le nœud autour du cou d'un zombie qui a l'air chétif. Pas un enfant tout de même, je ne pourrais pas, un jeune homme je pense, difficile à dire tellement il est abîmé. C'est peut-être un grand-père. Je tire d'un coup sec. Le nœud coulant se referme autour du cou. Le zombie ne réagit pas. Il me fixe. Je commence à le remonter. C'est plus facile que ce que j'imaginais. Je l'arrache au groupe de ses congénères, ses pieds quittent le sol. Son crâne arrive à hauteur du premier étage. Son odeur de pourriture m'atteint. Je le tire encore un peu. Ça devrait aller. Il ne peut pas m'atteindre, en équilibre, en plein air, la tête prise dans une corde, comme un pendu qui refuserait la mort. J'attache la corde autour de la rambarde. J'approche ma main gauche jusqu'au point où ses doigts frôlent mes doigts. Je frissonne. Le zombie est pris d'une véritable furie, il est de plus en plus excité, il remue dans tous les sens. Je recule.

Il faut me sécuriser. Je noue une autre corde autour de ma taille et je la fixe à l'un des barreaux en fer de l'escalier devant l'appartement. Je mets deux couteaux à ma ceinture, j'en garde un à la main. Impeccablement affûtés. Je peux y aller. J'avance à nouveau mon bras, et cette fois je laisse le zombie toucher ma main gantée. Dix petits doigts qui sont des armes. Il entaille un peu le cuir du gant. Il griffe, il griffe comme une centrifugeuse vivante. J'approche davantage ma main. Cette fois, il peut attraper. Sa main gauche se referme sur ma main. Le contact est franc. Je sens une décharge dans ma colonne vertébrale. J'existe, je sais qui je suis, les contours de mon corps se redessinent. Le zombie s'agite. Son bras droit se balance. Enfin il plaque sa main droite sur ma main gauche. Il me tient avec ses deux mains. La corde est entrée profondément dans la chair de son cou, sa tête va finir par se détacher de son corps. Il attire ma main vers ses dents, il avance sa gueule. Mais sans point d'appui, c'est peine perdue. Il se débat, on dirait un poisson hors de l'eau. La pression sur ma main est immense, il comprime, et ça me redonne de l'énergie. Arrêter. Je dois arrêter. Tout va bien, il faut arrêter, maintenant, maintenant. Je secoue le bras, mais il ne lâche pas. Comme une anémone sur un rocher. Il ne me lâchera pas. J'abaisse le couteau effilé et je commence à trancher son poignet gauche. La peau est sèche, le sang ne gicle pas, il coule lourd et gras, le couteau rentre sans difficulté, j'appuie et je déchire les tendons. La lame traverse de part en part l'avant-bras. Il y a des veines à sa pointe, je pense à des spaghettis. C'est à vomir. De deux coups secs, je finis de trancher la main. Elle reste accrochée à mon gant. Le zombie agite son bras sans extrémité, sa rage ne faiblit pas. Je coupe la deuxième main. Elle aussi reste crispée sur ma main. Posément avec la lame de mon couteau je soulève chaque doigt cramponné. Les deux mains enlevées, je les pousse du rebord du balcon, elles tournoient comme des graines hélicoptériennes d'érable, et tombent sur les zombies en bas. Je coupe la corde, le zombie s'écrase au sol. Il se relève, sans mains, mais il s'en fout.

Je me débarrasse des gants, du sweat-shirt et de la combinaison. J'ai forcé une espèce ennemie à me serrer la main. Les présentations sont faites.

10 juin

Je veux dire qui je suis, me le dire à moi-même, me rappeler d'où je viens.

L'adolescence est le moment où nous décidons ce que nous allons faire du monde. Il était trop violent, trop blessant pour moi, c'est pourquoi j'ai choisi de le considérer comme de la matière. Écrire était ma protection contre la médiocrité du quotidien et contre la violence des rapports humains. J'étais un des quatre membres actifs du club science-fiction du collège (nous avions un T-shirt avec l'affiche de *The Bride of Frankenstein*). Je me suis tout de suite senti bien avec les séries B : c'était le genre des élèves bizarres et des solitaires.

Pendant six ans, j'ai écrit pour les éditions Galaxy. On trouvait nos livres dans les gares, les aéroports, dans des distributeurs automatiques, dans les supermarchés et certaines librairies assez ouvertes d'esprit, sur Internet en téléchargement légal et illégal. Chez Galaxy, nous étions dix-neuf auteurs. Nous écrivions pour manger, pour payer nos factures, et c'était très bien comme ça. Notre littérature était reliée à la vie et disait quelque chose du réel pour la simple raison qu'elle remplissait notre frigo. Bien sûr, ceux qui, parmi nous, réfléchissaient au style, qui tentaient de faire grandir leur art, étaient une minorité, mais au moins nous étions vaccinés contre cette maladie qui touche les artistes sérieux : le besoin de reconnaissance qui transforme en élève avide de bonnes notes. Nous étions des cancres, donc nous étions libres, et pauvres.

La littérature de genre parle à ceux qui ne font pas partie des élites. C'est un moyen de faire passer des choses en contrebande. Pendant six ans, j'ai écrit des romans à l'eau de rose, mais dans lesquels une jeune femme terrassait son agresseur grâce à ses cours de taekwondo, une femme de cinquante ans refaisait sa vie avec un homme plus jeune, une médecin défiait un laboratoire pharmaceutique criminel, une jeune femme remettait en cause tout ce qu'on attendait d'elle, tous les clichés amoureux et professionnels. Discrètement, je renversais les valeurs, je distillais un contre-pouvoir. Et j'étais libre, car personne ne se soucie de littérature populaire. Elle n'est pas surveillée.

Je m'en sortais. Chaque matin, je me préparais un bol de flocons d'avoine au lait de riz et un café, et je me mettais à écrire avant même de prendre une douche. C'était honnête. J'avais une existence assez comparable à celle de n'importe quel ouvrier ou artisan. Je ne gagnais pas bien ma vie, mais je m'efforçais de faire du bon travail. Je donnais du plaisir à des jeunes femmes et à des grands-mères, à des hommes mal mariés et à des célibataires endurcis. Je leur proposais d'autres modèles. Tout aurait pu continuer ainsi, j'aurais fini par avoir mes fidèles lecteurs, mes séries auraient eu un peu de succès. Mais le propriétaire de Galaxy avait pensé qu'il serait plus heureux au Guatemala : il était parti avec la trésorerie. Non seulement, nous n'avions pas reçu nos droits d'auteur, mais la maison avait fait faillite. Ça avait été la panique. Galaxy était mon nid. Je connaissais les secrétaires et les attachées de presse, nous prenions le café ensemble dans le salon de la maison d'édition (si propre et si froid qu'on l'avait appelé « la morgue »). Je m'y sentais bien. Et tout ça disparaissait d'un coup. Il n'y avait pas de maisons équivalentes. Les autres avaient déjà leurs auteurs, et les places étaient rares. J'avais frappé aux portes des petites et des grandes maisons, des magazines et des sites internet. Ces deux dernières années, j'avais réussi, avec peine, à placer deux manuscrits chez Pégase et un chez Arlequin. Deux fois moins que chez Galaxy pendant la même période. Je galérais. Le riz constituait l'essentiel de mes repas, le chauffage était resté éteint tout l'hiver, j'avais acquis le réflexe de ne pas laisser une lumière allumée inutilement, je reprisais mes vêtements. Quelques jours avant les événements, j'avais commencé à prendre des notes pour des romans de science-fiction et des polars. J'allais m'attaquer à d'autres styles. J'en avais les capacités. *Je ne mourrais pas de faim.* De temps en temps, on m'appelait pour remplacer un clown à l'hôpital.

Pour survivre, il faut de l'imagination. Cette imagination n'est pas propre aux artistes, je pense même que la plupart en sont dépourvus. Il y a une imagination des travailleurs manuels et des employés ; dans chaque profession, il y a de ces êtres à part qui ne se contentent pas de reproduire, mais se saisissent du réel, inventent, dévoilent. Beaucoup d'auteurs ont peur de l'imagination, car c'est une source de bouleversements, c'est une force proprement politique. En conséquence, leurs livres sont secs et froids, ils entretiennent le statu quo. La haine de l'imagination a un prix : ne pas être capable d'imaginer l'horreur insoupçonnable, c'est contribuer à la catastrophe finale. Un artiste, c'est quelqu'un qui voit la guerre avant qu'elle ne se manifeste aux yeux de tous, et qui survit.

12 juin

Dès la deuxième semaine j'ai scotché un calendrier des pompiers sur le grand mur du salon. Papier glacé, photos d'interventions sur des accidents, d'inondations, de chats perchés dans les arbres. J'ai d'abord désiré me débarrasser de ce vestige du monde ancien, dire adieu à un artifice qui saucissonnait le temps pour mieux nous soumettre.

Mais je me suis ravisé. Il faut que je sois prudent. Rejeter les éléments idiots mais familiers pourrait contribuer à me faire perdre pied. Je prends bien soin de noter le jour, je souligne le nom du saint.

La vie, c'est de l'organisation. Comme les cellules de notre corps sont ordonnées, il faut construire nos journées si on ne veut pas voir notre structure mentale se déliter. C'est du moins mon hypothèse. Je ne vais pas prendre le risque de la vérifier. Avant, la société était un squelette mental qui soutenait les rêves maladifs et la vie du commun des mortels. En tant qu'écrivain, sans horaires, sans patron, sans collègues, j'étais à part, je ne dépendais pas de cette organisation. Mon esprit a été plutôt épargné par cette influence.

J'avais conquis une petite indépendance vis-à-vis de la société, aussi sa disparition m'a sans doute moins touché que si j'avais été habitué à des horaires de bureau, à la hiérarchie d'une entreprise, aux week-ends et aux congés payés. Les salariés, la majorité, ceux qui faisaient la norme autant qu'ils étaient faits par elle, ont certainement eu plus de mal à survivre que les *mavericks* dans mon genre.

J'étais inséré dans l'espèce de cadre de vie que je m'étais façonné. J'avais donc besoin de retrouver la vague et imparfaite structure qui articulait ma vie de tous les jours.

Rien de bien martial. Mon emploi du temps comprend une large part de lecture et de méditation. Le petit réveil en plastique jaune posé à la tête du canapé-lit sonne à sept heures, et je prends mon petit déjeuner (gâteaux secs, café). Ensuite, je vais vérifier la porte d'entrée de l'immeuble, les fenêtres du rez-de-chaussée et des deux premiers étages, la porte de la cave, celle du toit. Je vide les bassines de l'eau tombée pendant la nuit. Voilà comment toutes mes journées débutent. Ces gestes me sont si habituels qu'il m'arrive d'oublier les zombies : l'habitude abrutit, Dieu merci.

J'imagine les journées comme des enfants qu'il faut nourrir. Par la lecture, l'écriture, des exercices physiques, l'exploration des appartements, le rangement, j'entreprends de les éduquer.

Pour ne pas que ma voix, désormais inutile, s'éteigne, je parle. J'ai fabriqué une boîte à écho avec du carton et du bois. Je mets ma tête à l'intérieur et quand je parle, ma voix me revient, en partie, malhabile. Mais au moins j'entends une voix humaine. Évidemment je parle à mon rosier, à mon reflet dans le miroir de la salle de bains, aux oiseaux et aux zombies (plus spécialement à Richard et Catia).

J'ai renoncé à devenir un bon bricoleur. Plusieurs jours passés à lire des livres sur le sujet n'ont rien changé : je reste aussi peu doué. Clouer, c'est dans mes cordes. Mais fabriquer un ventilateur ou une éolienne pour produire de l'électricité, non, impossible. J'avais espéré que les événements auraient au moins pour conséquence une réforme de mon caractère. Mais je me suis trouvé plus que jamais moi-même. Changer m'aurait aidé, car cela aurait été disparaître, renaître et admettre ce nouveau monde.

Je fais les exercices nécessaires pour que mon corps ne s'avachisse pas : pompes, haltères, étirements. Avoir de vagues muscles dans les bras pourra se révéler salutaire si un jour je dois à nouveau affronter un zombie à mains nues (ou un humain agressif). J'entretiens mon corps avec la conscience qu'il n'y a plus ni médecins ni dentistes. J'ai un stock d'antalgiques pour me soulager si nécessaire, et pour me supprimer si un jour une maladie grave ou une douleur dentaire se révèlent insupportables. Mon corps contient mille potentialités de mort. Une crise d'appendicite peut m'emporter. Une pneumonie me laissera peu de chances de survie. Je me préserve. Je prends soin de moi. Je fais attention à mon alimentation. J'ai récupéré des antibiotiques et des médicaments de toutes sortes, des dictionnaires médicaux et de pharmacologie, le *Dorosz*, le *Robbins & Cotran Pathologic Basis of Disease*. Je suis mon propre médecin. J'ai pour projet de trouver des manuels de chirurgie et de les étudier. Au cas où, un jour, je rencontrerais d'autres survivants, de manière à être en mesure d'opérer des choses simples. Nous avons l'opportunité de nous approprier le savoir. Ce n'est pas une mauvaise nouvelle.

14 juin

Souvent la peur me prend à la gorge quand je me promène dans les appartements : armoires fermées menaçantes, ombres sous le lit, grincements inexpliqués. Je sais qu'il n'y a pas de zombies. Mais la peur est là. Je crois qu'elle est liée à la présence des vestiges de la vie des êtres qui y vivaient. Il y a leurs parfums, leurs objets familiers, l'expression d'une personnalité dans l'arrangement des pièces. Je suis le dernier être humain à regarder, à respirer les traces de leur existence. Ils s'accrochent à moi.

Très rapidement, mon esprit peut s'emballer, commencer un cycle de pensées obsessionnelles sur des sujets qui vont me mettre en danger en me poussant vers la dépression ou le suicide : mon isolement, l'absence de mes parents et de mes amis, la monstruosité des zombies, la disparition de la civilisation. Petit à petit, j'ai appris que je pouvais contrôler ce qui surgit inopinément dans mon cerveau. *Nous ne sommes pas nos pensées.* J'ai tort de m'y identifier. Ces réflexions négatives n'ont pour but que de me faire tomber, de me renvoyer à l'image que j'ai de moi-même comme d'un raté, un homme incapable de s'en sortir. Elles sont les sœurs de celles qui me disaient que je resterais célibataire et que mes livres ne se vendraient jamais. Souvent, quand je n'arrive pas à repousser ces petits diables intracrâniens, je les laisse passer sans m'épuiser à les affronter, comme des nuages dans le ciel de mon âme. Je ne cherche pas à comprendre toute la merde au-dehors, les zombies, la fin de la civilisation. Je ne cherche plus à y trouver du sens, car c'est le plus sûr moyen d'aller vers le désespoir. Les pensées noires défilent dans mon esprit comme un train dans une gare abandonnée et peu à peu disparaissent.

L'espérance dans un monde dévasté est une saloperie. Le passé est un piège, le futur aussi. Il ne reste que l'instant présent. Une seconde est une forteresse indestructible.

Si mes nuits sont calmes, de temps en temps, une fièvre de terreur me réveille. Les rêves sont le moment où je suis à leur merci. Ils ne peuvent pas m'atteindre directement, mais dans mes rêves ils défoncent la porte et se précipitent sur moi. Et surtout ils me poussent à la dépression, ils brisent l'échafaudage fragile de ma psyché de survivant solitaire.

Les premières semaines, mon lit était entouré d'armes. Très vite, j'ai compris que le principal danger était que j'en retourne une contre moi. Je les ai mises dans le grand coffre sous le piano.

Je ne pense pas pouvoir me débarrasser des intrusions des zombies dans mon esprit et dans mes rêves. J'apprends à vivre avec ces crises. C'est en cessant de leur accorder de l'importance, en les acceptant, qu'elles finissent par s'atténuer.

25 juin

Dans un appartement du troisième étage (photos encadrées de stars démodées et de chiens, dentelles sur les coussins et les rideaux), je viens de trouver une collection de boîtes à musique. Chacune joue un air différent, des extraits classiques : *Le Lac des cygnes*, *La Flûte enchantée*, *Toccata et fugue en ré mineur*, *Tristan et Isolde*. Évidemment, ce sont des interprétations simplifiées mais je reconnais les œuvres et ça suffit à me bouleverser. Pour ritualiser mon temps, je décide que tous les samedis soir, je déboucherai une bouteille de vin et j'ouvrirai les boîtes à musique une à une pour un petit concert privé éclairé à la bougie.

Mes visites dans les appartements s'apparentent à une chasse au trésor. Je prends tableaux, meubles et livres. Je passe du temps à regarder les photos de famille. J'ai constaté hier que ça ne m'émeut plus. Je me sens de plus en plus loin de ces gens. Les êtres humains ne sont pas morts : ils se sont dispersés tels des châteaux de sable mangés par les vagues. Je me suis guéri de l'humanité, je ne pleure plus. Je ne ressens plus le manque. Seuls mes souvenirs personnels demeurent, je suis un mausolée (je vis, *je dois* vivre pour garder mémoire du passage sur terre de ceux que j'ai aimés). Quand nous raconterons le monde disparu aux enfants des survivants, quand nous raconterons notre liberté et notre insouciance, on ne nous croira pas : ce sont des contes de fées.

Je revois le professeur Inselberg dans son fauteuil en cuir, une tasse de thé à la main, me dire : « Le monde nous enseigne la douleur, la tristesse et la peur. Et comme nous sommes bien élevés, nous incorporons tout ça, nous en faisons notre vie. Il faut que nous apprenions à ne pas être de bons élèves. La joie et le bonheur sont beaux parce qu'ils procèdent de la désobéissance. C'est cela vivre : apprendre à désobéir. »

29 juin

Des zombies sont rassemblés en bas de l'immeuble. J'imagine qu'ils écument la ville, et finissent toujours par revenir aux endroits qu'ils ont déjà ratissés. Leurs déplacements n'empruntent pas toujours le même chemin. Leur orientation dépend du bruit qu'ils ont entendu, d'odeurs peut-être, du hasard aussi. L'imitation est dans leur instinct : si l'un d'eux prend tout à coup une direction, attiré par Dieu sait quoi, alors ses congénères le suivent, et souvent le dépassent sans ménagement. Ils se poussent, se font tomber, se marchent dessus. Heureusement, ils n'ont pas l'intelligence de construire une échelle. Ils ne pensent pas. L'absence d'intelligence ne vous empêchera pas de conquérir le monde, en revanche vous n'arriverez pas à attraper le pot de confiture posé en haut de l'armoire. Putain d'ironie.

Je mouds du café à la main avec le moulin que j'ai déniché dans un appartement du cinquième étage. L'eau dans le petit réchaud posé sur la table basse devant la cheminée arrive à ébullition. Je n'ai plus personne à qui parler, mais il me reste les odeurs et les parfums. Moudre du café convoque des souvenirs pleins et pulpeux, immenses comme des paysages, des scènes entières revivent.

Je vais sur le balcon. Il fait doux, il n'y a pas une once d'air, ciel bleu, nuages crémeux qui dessinent des visages et des formes animales.

Quelques zombies marchent. Pour une raison que j'ignore, l'un d'eux tourne la tête. Ses yeux s'accrochent aux miens. Il m'a vu. Le zombie se dirige vers l'immeuble. Son visage gris et rouille de sang séché s'anime, ses canines sortent et il grogne. Une bonne dizaine de mètres nous sépare, trois étages, je ne risque rien. Pourtant je recule, instinctivement. On dirait qu'il se sent capable de renverser le bâtiment : aucune peur, aucune conscience de l'impossible. Il se tient à la verticale, exactement sous moi.

Je me reprends. J'en ai assez de trembler devant leurs visages grimaçants. Je me penche et j'incline ma tasse. Le café coule doucement en un filet noir sur le visage du zombie. Geste enfantin.

Il n'apprécie pas. Il crie. Son visage est déformé par des plis de haine. Ce n'est pas de la douleur, mais la colère d'être touché par une force dont il ne comprend pas la nature, et contre laquelle il ne peut rien.

J'explose de rire. Voir ce monstre humilié me fait un bien fou. L'agitation attire d'autres créatures. De tout le boulevard, de plus loin encore, des zombies arrivent. Je vais devant les étagères de mon garde-manger. Je n'ai pas connu joie aussi franche depuis le début des événements. Je prends de la farine, du sucre, un flacon de ketchup, du Martini et je retourne sur le balcon. Une petite foule de zombies se masse autour de celui que j'ai arrosé. Leurs mains se tendent dans ma direction et ils rugissent. Je vois le côté comique de tout ça, leur allure grotesque, leurs préoccupations minables : de la chair, du sang. *Mais vous n'aurez rien.* Ce ne sont plus des prédateurs, mais des êtres ridicules et vains, des appétits sur pattes. Pas très différents des gens que j'ai connus avant et leurs appétits d'argent, de sexe, de pouvoir.

Je verse la farine. Un nuage poudreux s'abat sur eux. Leurs visages se couvrent de blanc, ça les humanise, leurs blessures disparaissent. Puis je verse le ketchup, le sucre et le Martini. Je vais chercher d'autres produits : des épices, du sel, du poivre, du riz. Et je les assaisonne. Ils n'aiment pas ça. J'ai l'impression de les préparer, c'est une recette, je les crée suivant ma volonté. Je prends une photo, et j'éclate de rire.

Inspiration soudaine. J'ouvre ma braguette, et après un moment de concentration, je leur pisse dessus. Le jet jaune clair rend leur visage brillant. Ils grognent en chœur. Ils sont de plus en plus nombreux. Le boulevard se remplit. Ils se pressent, se poussent, sans aucune pitié. En escaladant les corps de leurs semblables, certains se marchent maintenant sur la tête. Ils se montent dessus, des pieds écrasent des épaules et des visages, toujours de plus en plus nombreux, comme une inondation de monstres.

Les oiseaux ont déserté le ciel. L'atmosphère lourde rappelle le moment qui précède un orage.

Je comprends qu'ils sont semblables aux lemmings : ils n'hésiteront pas à s'écraser les uns les autres jusqu'à faire une couche suffisamment haute de corps qui leur permettra de m'atteindre. Je ne gagnerai pas à ce jeu. Ils sont la foule infinie et sans âme. Ils n'ont pas besoin d'être intelligents pour représenter un danger : leur nombre est leur intelligence.

Combien sont-ils ? Impossible à dire. Ils sont partout, je ne vois plus le sol ni le toit des voitures, leur odeur n'a jamais été aussi âcre et violente. Ils sont de plus en plus près, comme s'ils grandissaient. J'hésite à prendre mon fusil. Mais ça ne servirait à rien. J'arrête mes provocations, je range mon sexe, effaré, paniqué, en sueur et le front froid. Impression qu'une vague monte et va m'engloutir. Un tsunami de griffes et de dents, voilà ce que j'ai provoqué. Je retourne dans l'appartement et je ferme les volets.

Je vais rester enfermé deux jours, au moins, et éviter de faire le moindre bruit. Je suis une proie dans la forêt et mes chasseurs ont les moyens d'en arracher chaque arbre.

Ma relation avec les zombies est une question de distance, mélange de respect mutuel, d'agressivité et de crainte.

Je ne l'oublierai plus.

1er juillet

Richard et Catia passent de plus en plus de temps ensemble. Chaque fois qu'ils se frôlent en marchant sur le boulevard, je ne peux m'empêcher d'avoir le cœur qui bat plus vite. Je leur invente une vie passée, des fâcheries. Vont-ils se réconcilier ? Ces deux zombies sont faits pour être ensemble.

Le rosier se porte bien. Les pétales rouges s'ouvrent le matin et se referment le soir. Je l'ai pris en photo dans le soleil couchant, avec le piano en arrière-plan. Kitsch, très kitsch.

Je n'ai jamais autant lu. Essentiellement de la littérature fantastique et de science-fiction : Dostoïevski, Stendhal, Jane Austen. On y parle d'une humanité et d'une société qui n'existent plus. Je me rends compte combien notre monde et notre espèce étaient arrogants et fragiles. L'ancienne littérature sérieuse est aujourd'hui la nouvelle littérature de gare, la littérature pleine d'imagination, étonnante et excessive (un homme et une femme qui prennent un café en terrasse est une scène d'une audace incroyable).

Aujourd'hui j'éprouve le besoin de me remettre à écrire de la *good old fiction*. Des histoires qui viendraient de ma propre imagination, et non pas de celle de la Nature. Je veux retrouver cette liberté par rapport au monde extérieur, ne plus suivre la loi de la réalité, mais proposer une alternative. Voir renaître ce désir en moi a provoqué un fourmillement dans mon ventre.

Stella avait eu l'ambition d'écrire mais n'avait jamais pris le temps de s'y mettre vraiment. Elle achetait des cahiers en se disant « celui-là sera le bon », mais finalement, il restait vierge et rejoignait les autres sur une étagère. J'ai pris un de ses cahiers, à la couverture noire en imitation cuir, papier ligné, pages numérotées. Souvent, la plupart du temps même, j'ai commencé des romans à partir du seul titre. Il m'a fallu cinq minutes pour en choisir un : *Il n'y aura plus d'hiver dans les saisons de ma passion*.

Je suis heureux de renouer avec mon métier. Si j'écris un roman, c'est que j'ai l'espérance que quelqu'un le lira un jour : je n'ai pas abandonné l'idée de croiser un survivant.

Je sens l'histoire qui palpite en moi. Ça débute par un accident de scooter. Un matin, Matilda allait à son travail (elle était informaticienne dans une start-up), quand un automobiliste lui a grillé la priorité. Elle est restée six mois hospitalisée. L'homme qui l'a renversée a pris la fuite. Ses amis sont venus lui rendre visite les premières semaines, mais rapidement plus personne ne prend de ses nouvelles. Son employeur la licencie. Elle remonte la pente toute seule. Elle boite un peu désormais, mais elle ne se laisse pas abattre. Elle se réfugie dans un foyer de femmes battues. Est-elle battue ? Non. Elle ment pour avoir un peu de répit. Elle devient amie avec une femme qui a vécu dix ans sous la coupe d'un mari violent. Ensemble, elles décident de se rendre justice.

J'ai terminé le deuxième chapitre ce matin à l'aube. Il fallait que je le lise à haute voix. Je suis allé sur le balcon et j'ai frappé dans mes mains pour signaler ma présence. Les zombies, mécaniquement, se sont dirigés vers moi. Un pied sur le fauteuil, je leur ai lu les premières pages. Voilà mon public. Il réagit bien, je le sens impatient de connaître la suite.

En même temps que je donne vie à mes personnages, ma propre énergie revient. Comme mes souvenirs, mes personnages me permettent de ne pas être seul.

5 juillet

Je ne m'en suis pas rendu compte tout de suite. Il m'a fallu deux jours pour le comprendre. Mais c'est un fait : les zombies ont quitté le boulevard.

J'ignore pourquoi. Ils en ont eu marre ou ils ne m'identifient plus comme une proie.

J'ai sauté de joie, j'ai couru dans l'appartement, j'ai crié dans la cage d'escalier. J'ai ouvert une bouteille de champagne.

Je me sens délivré et en paix. J'ai l'impression d'être en vacances.

Je ne relâche pas mes habitudes de sécurité pour autant. La prudence reste ma priorité, mais tout est plus léger. J'ai enfin l'impression de vivre pour moi, et pas en fonction d'eux. Savoir qu'ils ne se frottent pas à la porte de l'immeuble, qu'ils ne vont pas me montrer leurs dents dès qu'ils me verront est un soulagement incroyable. Je suis libre, et l'esprit libre, ils ont même disparu de mes rêves.

En conséquence, mon roman avance à grands pas. Matilda réalise qu'elle a été manipulée par son « amie » du foyer, qu'elle l'a aidée à assassiner un mari innocent. Dans le même temps, elle doit prouver qu'elle a bien été battue pour pouvoir rester dans le foyer, alors elle s'inflige des coups à elle-même. Comment va-t-elle s'en sortir ?

Je ne vais pas dire « la vie est belle ». N'exagérons rien. Mais tout de même : mes yeux ne s'écorchent plus sur les créatures monstrueuses. Un tel bonheur ne m'avait pas habité depuis des mois.

10 juillet

Une semaine est passée et l'indifférence des zombies à mon égard n'est pas si simple. Le boulevard est vide, le silence est total, la seule animation ce sont des sacs en plastique poussés par le vent. L'été est chaud, il y a une lourdeur dans l'air. Cent fois par jour je vais sur le balcon pour guetter leur retour. Je colle les jumelles à mes yeux et je scrute sans relâche. Le moindre son m'alerte. La disparition des zombies n'est pas un cadeau. Je me suis trompé, la joie s'est dissipée. Plus personne ne me regarde et je me sens vide. En ne s'intéressant plus à moi, les zombies me font disparaître.

Aussi fou que ça puisse paraître, ils me manquent. Je n'ai plus d'adversaires, plus de résistance à développer, plus d'élan vital à opposer à leurs yeux avides. Je suis *seul*, mes souvenirs et mes personnages ne font pas le poids. Quelque chose de physique n'est plus là, et c'est irremplaçable.

Si je sortais par la porte de l'immeuble, ils se précipiteraient sur moi. Je ne suis pas naïf, il y a des chances pour que ce soit un piège. Pas un piège pensé, mais un piège inné, une émanation de leur nature.

Autre hypothèse : je ne les intéresse plus. Je fais partie du décor, perché sur ce balcon, inatteignable pour toujours, comme une étoile dont on a oublié la nature, je ne suis plus qu'un astre, un corps froid et distant, irréel. Tout au plus un arbre qui bouge au gré du vent, un phénomène naturel.

Une sévère dépression me tombe dessus, d'autant plus forte que reconnaître ma dépendance à leur égard me révolte et me rend malade. Mes journées sont frappées d'angoisse. Je n'écris plus, je ne me lave plus, je parviens juste à ne pas laisser mourir le rosier. Les idées suicidaires et les vertiges reviennent, mon corps m'échappe et mon esprit perd ses digues, je me disloque. Je sens dans ma chair que je veux leur appétit à mon égard. Si je ne suis pas désiré, je ne suis plus rien.

Est-ce que c'est le bon moment pour partir ? Quitter l'immeuble et se mettre en quête d'autres survivants et de réserves de nourriture ? Non, les zombies seront là, pas très loin. C'est trop dangereux.

Je guette leur retour avec mes jumelles. Je murmure des prières.

Dehors, il n'y a plus rien qu'une ville balayée par le vent et habitée par des fantômes.

12 juillet

Du bruit, comme si j'essayais de réveiller le monde entier. J'ai crié les pages de mon roman, insulté, chanté, joué du trombone sur le balcon. J'ai jeté mes vêtements imprégnés de ma sueur et de mon odeur sur le boulevard. Avec un couteau, j'ai blessé mon avant-bras, j'ai laissé tomber des chiffons imbibés de mon sang. J'ai attendu. J'ai guetté le bout de l'avenue, les ombres, les reflets dans les vitres des voitures, le frissonnement des bosquets. J'ai écouté et cherché dans le vent les prémices de leurs râles et la musique de leurs pas traînants.

Le silence est dans mon appartement. Il n'avait de sens que parce que les zombies grognaient à l'extérieur. Dorénavant le silence a tout contaminé et j'ai l'impression de devenir fou, une avalanche m'a recouvert. Où sont passés ces sons qui me terrorisaient et qui m'étaient devenus familiers ? J'ai fait du bruit pour le remplacer, le retrouver mais ce n'était pas la même chose, car ça venait de moi. Et j'avais besoin des autres, quels qu'ils soient.

Ils ont mis dix heures pour réapparaître. Le temps que le sang, le bruit, mon odeur les rappellent à moi. Ils ont vu que j'étais vivant. Ils n'ont pas résisté et ils sont arrivés. Ils ont reconquis ce territoire déserté. Ils me remarquent à nouveau, et ils gémissent. Debout sur le fauteuil du balcon, j'ouvre les bras en un geste d'accueil.

Nous avons repris notre bizarre relation. Désormais je sais que je dois faire ma part. Je suis plus dépendant d'eux qu'ils ne le sont de moi. Je n'ai personne d'autre que ces êtres. Ils sont ce que j'ai de plus cher au monde : le rappel permanent de ma mortalité et de ma fragilité, et de la force de vie qui palpite en moi. Ils me désirent comme personne ne m'a jamais désiré. Grâce à eux, j'ai pris conscience de la beauté de la vie qui bat dans mon cœur. Elle fait se pâmer des milliers d'êtres. Leur faim est un hommage.

Est-ce que je deviens délirant ? Est-ce que ce sont des pensées folles ? Peut-être. *But who cares ?* Je deviens plus fort. Avant les événements, j'avais su survivre à une société hostile et à des rapports humains normalement violents ; je continue à survivre, mais cette fois c'est franc, on ne me fait pas croire à l'humanisme et à la civilisation. Ce qui ne nous tue pas nous rend plus fort ? Ils sont des millions dehors à ne pas m'avoir tué, c'est dire si je me sens fort.

14 juillet

Ce que je désire vraiment faire : arriver à bouturer le rosier. Mais c'est prendre le risque de l'abîmer, de le faire mourir peut-être. *Le Guide du jardinier amateur* m'est d'une aide précieuse.

C'est le 14 juillet aujourd'hui. Le soleil commence à se coucher, je débouche une bouteille de champagne tiède. Je prends une photo de la trentaine de zombies massée sous le balcon. Souriez ! Ils ne font aucun effort, chauves, hagards, dépenaillés, j'ai presque pitié d'eux.

Un peu ivre, je me pèse. L'aiguille noire de la vieille et grinçante balance mécanique indique que j'ai repris quelques kilos. Je n'ai pas retrouvé mon poids d'avant les événements, mais je suis sur la bonne voie. Un changement tout de même : je suis plus musclé.

Je ne dirais pas que c'est le paradis, loin de là. Mais cela ressemble au paradis terrestre avant l'entrée dans le monde réel, de la souffrance, de la civilisation et des cocktails-parties : un paradis de solitude. Je n'ai pas besoin de travailler, nourriture et boissons sont à disposition. Des centaines de supermarchés et d'épiceries m'attendent dehors. J'ai tout le temps du monde pour lire et dessiner, me plonger dans des livres d'art et dormir. C'est véritablement le Jardin des Délices avant l'arrivée d'Ève. Pas de crime, pas de méchanceté, pas de dégueulasseries. Le fruit défendu de l'arbre de la Connaissance n'existe pas. Ou plutôt : le fruit s'est réveillé et animé, c'est un monstre, et c'est lui qui veut me croquer. Les rôles sont inversés. La bonne nouvelle, c'est que ce fruit n'est pas ragoûtant et que je n'ai aucune envie de l'approcher, sinon pour l'exploser à coups de fusil.

Il n'y a plus de télé, plus de profs ou de journalistes coincés pour snober mes livres sous prétexte qu'une boxeuse tombe amoureuse d'un torero aveugle. Il n'y a plus tous ces appareils électroniques dont on nous rebattait les oreilles. Il ne reste rien. Les disques durs vont peu à peu s'effacer, les centres de stockage de données vont être corrompus par l'humidité. Seuls les tableaux, les livres et les sculptures ont survécu. Un art qui ne dépend pas de l'alimentation en électricité, un art de survie, et non pas sous perfusion de polluantes usines capitalistes.

Ça serait pas mal comme monde finalement. Mais ceux que j'aime me manquent. Et parfois même : ceux que je n'aime pas.

Je me penche sur le rosier. Ses pétales me chatouillent le nez. Un parfum ce sont des mots : une conversation est possible.

15 juillet

Depuis trois minutes je garde la tête d'un
« homme » dans le viseur de mon fusil. Petite
tête, des lunettes aux verres sales et brisés. Je ne
suis plus révulsé par leur apparence, je m'y suis
habitué. J'observe l'homme en détail : il y a des
traces de morsure sur sa joue, son menton est
arraché, un de ses yeux enfoncé dans son orbite.
Ses cheveux ont été blonds il y a longtemps, là
ils sont gras, collés et sales. Je prends le temps
de faire connaissance avec lui, d'imaginer comment
il a été contaminé.

J'appuie sur la détente. Sa tête explose dans un
bruit sourd. Ses bras bougent encore un peu et
il s'écroule.

Je ne ressens pas de plaisir, pas de joie. Les
abattre n'est plus une réjouissance.

Ces silhouettes que je fais tomber en leur tirant
dans le crâne ne sont pas des hommes, elles n'ont
plus rien à voir avec les fragiles et exaspérants
êtres humains. Ce sont des usurpateurs, des voleurs
de corps, des parasites : les zombies habitent des
corps qui ne leur appartiennent pas. En les éli-
minant, je délivre leurs victimes. Je récupère leur
mort. C'est ce que je me dis pour que tout ne

soit pas laid. Pour me donner bonne conscience sans doute aussi.

Le corps des créatures que j'abats reste sur l'asphalte pendant un temps. Ça m'émeut de voir la chair délivrée, s'affaisser, changer de couleur, se déliter et se décomposer, ruisseler dans l'eau de pluie. Puis les zombies les remarquent et les dévorent. Sans hâte : ce sont des mets de deuxième choix. En étant consommés, ils retournent à leur humanité : ils disparaissent. Les insectes achèvent de nettoyer le squelette.

Je range mon fusil dans le coffre sous le piano et je me prépare une infusion de sauge séchée trouvée dans un appartement (protégée par un petit sac en tissu aux couleurs de Noël). Je m'installe sur le balcon. La tasse fume, je la respire. D'une certaine manière, c'est moi l'agresseur. Je leur ai infiniment causé plus de dommages qu'ils ne m'en ont causé. Ils ont plutôt été une bénédiction : ils m'ont débarrassé d'une société que je haïssais.

16 juillet

Cinq mois et demi sont passés et je me sens bien ici. Quoi que ça puisse vouloir dire : c'est chez moi. Avec mon bureau, mon lit, la bibliothèque, l'appartement me ressemble, c'est la projection de mon âme. Sur le toit, un compost se transforme en jardin. Seule de la mauvaise herbe pousse pour l'instant, mais bientôt des fleurs et des légumes apparaîtront. Les oiseaux déjeunent avec moi, j'ai la compagnie de Richard et Catia, un rosier, et mes souvenirs. C'est pas mal.

Je suis allongé dans le transat sur le toit, un pot en argent rempli de café à côté de moi, je lis, un chapeau en paille sur la tête.

Avant la catastrophe, *ma vie était une catastrophe*. Je survivais à peine. Avec Noémie, nous étions restés en bons termes : nous nous appelions une fois par semaine pour prendre des nouvelles l'un de l'autre, elle pour se plaindre de son nouveau copain, et moi pour lui rappeler quel homme épatant j'étais. J'avais bien essayé de m'intéresser à d'autres femmes, mais ça me donnait le sentiment de tenter de remplacer un amour par un autre. J'ai préféré rester avec cet amour défunt. Je me sentais moins seul en pensant à elle qu'en embrassant une autre femme. Pas de colmatage, pas de couronne pour masquer la dent manquante. Noémie est morte aujourd'hui, ça ne fait guère de doutes. Ou bien demi-morte. Je ne suis pas triste parce qu'ainsi elle est du côté de la norme, elle n'est pas seule, et la solitude était la chose qui la terrifiait le plus au monde. Il a fallu la fin de l'humanité pour que je sois délivré de mon chagrin d'amour.

Hypothèse : c'est parce que ma vie était une catastrophe que je m'en suis sorti. Je n'avais rien à perdre, contrairement à tous ceux qui avaient un métier, un appartement, des choses, une famille, qui réussissaient mieux que moi en dépit de l'atrophie de leur cœur et de leur morale, et souvent de leur talent.

Je m'attendais au pire, car toute une vie de *misfit* m'en avait donné l'habitude. Je savais dès le début que nous ne pourrions pas gagner, je n'ai pas cru les messages rassurants des médias, des politiques, des militaires. Je n'ai pas rejoint les centres d'hébergements et les camps retranchés où nous étions censés être à l'abri et qui, je l'ai entendu à la radio, sont devenus des restaurants pour les zombies.

Je n'avais rien à protéger, mes parents habitaient trop loin et Michel et Lucia étaient en vacances dans le sud de la Bretagne. J'avais quelques copains et copines, des connaissances, qui vivaient à Paris, mais personne pour qui j'aurais risqué ma vie. Je n'ai pas fait passer la sécurité de quelqu'un d'autre avant la mienne. Ceux qui ont agi ainsi, c'est-à-dire la majorité, ont tout perdu. Ils se sont fait mordre et se sont à leur tour transformés en monstres. En voulant sauver leurs proches, ils ont pris des risques. On ne peut s'en sortir qu'en étant solitaire (ou égoïste – ce qui donne une rassurante idée du genre de personnes qui a dû survivre). Je périclitais dans la société de ce début de XXIe siècle, j'étais un survivant depuis longtemps. Dès l'enfance, je me suis battu, et même si j'ai perdu la plupart de mes combats, j'ai appris à ruser. Et plus tard cette ruse m'a été d'une grande utilité dans une société qui portait aux nues les vainqueurs. Je suis maintenant un survivant dans un monde dévasté. Je connais le rôle à la perfection. Avec ce que me rapportaient mes droits d'auteur, je me suis habitué à vivre sans chauffage, à faire des stocks de nourriture, à m'accrocher à la vie avec détermination. Ces années d'anonymat et de rejet social m'ont préparé à la catastrophe ultime.

J'ai toujours su que les gens étaient des monstres. Alors qu'ils soient aujourd'hui des zombies, ça n'est qu'une confirmation. La métaphore s'est incarnée. Et je suis bien décidé à vendre cher ma peau.

Je me sens en pleine possession de mes forces. Savoir que l'on est comestible, ça rend vivant. Je vous le garantis.

Bien sûr, ma famille, mes amis, et ceux que je connaissais vaguement me manquent. Mais je n'oublie pas que ceux que je n'aimais pas, des collègues de travail, mes anciens condisciples, sont morts. Et des tas de gens que je ne connaissais pas, et que je n'aurais pas aimés, sont également morts. Il y a de quoi se réjouir. J'ai dix-huit caisses de champagne entassées près de la cheminée, et, de temps en temps, je bois une bouteille en pensant à un des connards dont les zombies m'ont débarrassé. La solitude n'est pas une douleur permanente. J'ai la confirmation qu'on peut se passer des autres : la société est un accessoire dispensable. Un gadget. Et puis quelle différence entre parler avec un souvenir et un être vivant ?

Dans mes moments les plus sombres avant l'épidémie, je me laissais aller à souhaiter que tel ou tel se casse une jambe. Mais je n'aurais pas osé faire le vœu de la disparition de l'humanité. Je n'y avais pas pensé, et pourtant, c'était ça la solution, c'était ça le remède qu'il me fallait. Je n'ai plus d'ulcère à cause de la faim dans le monde, de l'avidité économique assassine, des internés dans les hôpitaux psychiatriques et des malades. La souffrance repose en paix. C'est la fin des idiots combats pour l'argent et le pouvoir. L'humanité se tient au chaud dans les rêves de ceux qui ont survécu. Elle est intacte, belle, forte, c'est une flamme que je porte en moi. L'erreur avait été d'en faire une réalité.

Maintenant je n'ai plus besoin d'excuses pour justifier le fait que je n'ai pas de petite amie, et pas de boulot classique (bon Dieu quel bonheur : plus personne pour me dire « Vous êtes écrivain ? Vous en vivez ? »). Je ne suis plus anormal. Ou pour dire les choses autrement : enfin, la norme n'est plus enviable. Je le savais depuis longtemps, depuis mes six ans et ma découverte de la loi de la jungle dans la cour de récréation. Là c'est éclatant : c'est chaos, cadavres et silence à perte de vue. Le choc des premiers temps est passé, je prends pied dans ce nouveau monde. Mon sommeil est enfin paisible.

17 juillet

Je me souviens d'un jour de juin trois ans plus tôt. J'avais été invité par un club de lecture de Nantes pour lire des passages de mon roman, *Le mur du désir craque sous le poids du temps*. Il n'y avait quasiment que des femmes, entre vingt et quatre-vingts ans, deux hommes s'étaient installés au fond, ils semblaient timides mais intéressés. La rencontre (lecture et questions/réponses) avait eu lieu dans l'arrière-boutique d'un antiquaire du quartier du Bouffay, le centre historique de la ville. J'étais rarement invité à des rencontres, les auteurs de romans à l'eau de rose sont peu sollicités, et je le regrettais. J'aimais les questions profondes et naïves, les morceaux de vie qui affleuraient sous les remarques, les expériences partagées. Je me sentais proche de mon public. Nous étions entre nous, épargnés par le cynisme ambiant, l'esprit de sérieux, et l'ironie moqueuse de l'époque. C'était émouvant, drôle et passionnant. Nous avions bu du mousseux de Loire et mangé des cakes faits par des membres du club. En ces occasions, il y a souvent des ambiguïtés. Être écrivain donne un pouvoir, une aura, à laquelle certaines femmes sont sensibles (certains hommes aussi) et dont j'essaye de désamorcer les effets. On ne peut faire l'amour qu'entre égaux, le reste c'est un rapport de domination. Je connais des auteurs qui profitent de leur petit statut pour coucher avec des filles perdues ou des hystériques qui cherchent à se renarcissiser, à se donner de la valeur à leurs propres yeux et à ceux des autres. Ces hommes n'ont que mépris pour ces filles. Alors je faisais attention. Peut-être trop. On est toujours un connard pathétique quand on profite de son statut.

Je ne sais pas pourquoi j'écris, mais en repensant à cette soirée, je sais que j'écris en partie pour ça : pour les rencontres que mes livres permettent, et les discussions qu'ils suscitent. Écrire des romans à l'eau de rose, c'est l'équivalent géographique de vivre dans une petite ville de province. Ce n'est pas chic. Ce n'est pas le lieu où les gens qui se pensent importants désirent vivre. Cette vie de province n'a pas été un choix pour moi. J'y suis allé car j'ai été rejeté par la littérature officielle. Mais finalement je me suis aperçu qu'être loin du centre du désir et du pouvoir, me correspondait. Il y a là une éthique qui me plaît. Être ailleurs. En exil.

J'ouvre la porte-fenêtre. Le vent entre dans mes oreilles en petits tourbillons. Et surgissant de ce souffle, les grognements des zombies. Je sors sur le balcon. Je pose mon cahier bien à plat sur le rebord, et je commence à lire. Le soleil se couche, les zombies se pressent en bas, les bras tendus dans ma direction. Je peux compter sur eux.

21 juillet

L'air s'embrase des couleurs de l'été. Le ciel a changé. Il est plus présent, plus large, plus vivant, comme s'il se réveillait d'un long sommeil.

Je sais qu'il me faudra quitter l'immeuble. C'est dans l'ordre naturel des choses : on ne peut pas rester dans une place forte, on ne peut pas rester dans une prison. Il y a une force impérieuse qui nous pousse à explorer.

Petit déjeuner sur le balcon, café et gâteaux secs au chocolat. Le soleil me chauffe la nuque. Les zombies font leur habituel ballet sur le boulevard. Je suis au zoo devant la fosse aux lions.

Je vais vieillir et ils ne vieilliront pas. Ils sont indestructibles. Seule l'érosion les fera disparaître comme l'océan transforme les roches en sable à force de marées. Nous, les hommes, n'avons qu'un avantage : la reproduction. Si nous arrivons à nous rencontrer, je veux dire, si des hommes et des femmes survivants arrivent à se rencontrer (mais j'imagine que des couples ont survécu ensemble), alors les zombies n'auront été qu'un accident de l'histoire humaine. Ils seront nos dinosaures, le rappel d'un archaïsme fondamental lié à l'humanité : nous sommes des fictions fragiles, nous devons donc être humbles.

Ils sont comme des statues. C'est très troublant : plus je les regarde, plus je les trouve beaux. Œuvres d'art effrayantes, torturées, grimaçantes, mais bouleversantes et belles. Les visages et les corps déformés, saisis dans l'horreur, sont dignes de tableaux classiques. Rembrandt et Goya ne sont pas loin. Les œuvres d'art se sont rebellées et ont pris leur revanche sur leurs créateurs.

Je les observe, mais j'en tue rarement désormais. Qui voudrait tuer la beauté ? Ils sont beaux car ils sont la norme, je suis hideux car je suis seul de mon espèce. Dans le miroir, j'ai la preuve de la laideur humaine : ce rose, cette peau grasse, ces lignes fades.

Je les dessine pour les comprendre, saisir leur nature, simplement parce qu'ils sont là, et qu'ils posent. Sous mon crayon, je capture leurs expressions et la subtilité de leur être. Je ne trouve aucune trace d'humanité en eux. Pas la peine de se fatiguer les yeux. C'est autre chose. Un rapport au monde différent, et pas moins noble. Cette espèce a sa logique. Elle n'est pas aberrante ou contre-nature : elle a sa place au sein de la nature. Sous le ciel étoilé, nous sommes à égalité. Ils ne m'effraient plus. Je ne prends plus personnellement leurs râles, leurs dents et leurs doigts tendus dans ma direction.

24 juillet

Il y a du bruit dans le couloir, des pas. La porte d'entrée a dû céder, une fenêtre a été défoncée. Ils ont réussi à pénétrer ma forteresse. J'attrape un fusil dans le coffre sous le piano. Vérification : il est chargé. Je m'approche de la porte, doucement. Des pas nets, clairs, affirmés. Un moment d'arrêt. Je m'attends à des gémissements, à des ongles qui crissent sur la porte. Mais c'est un simple « toc-toc toc-toc-toc », en rythme.

Un zombie ne prend pas la peine de frapper.

Parfois ce qu'on redoute est ce qu'on espère le plus. J'ai refait ma vie, j'ai enfin accepté ma condition de veuf vis-à-vis de l'espèce humaine. J'ai établi un rapport au monde et aux créatures, et tout à coup quelqu'un apparaît et risque de tout chambouler. Quelqu'un risque de gâcher la facticité de mon équilibre.

On frappe à nouveau. Mécaniquement, j'arme mon fusil. Mon doigt se pose sur la détente.

— Hello !

C'est une voix de femme, pas un grognement : *une voix de femme.*

— Je sais qu'il y a quelqu'un.

Je suis partagé entre la terreur de la laisser entrer et la terreur de la laisser partir. Des mois que je n'ai pas entendu de voix humaine. Ça me fait mal aux oreilles, j'ai perdu l'habitude d'entendre autre chose que des râles et des cris, de temps en temps l'écho déformé de ma propre voix. Des sons articulés et porteurs de sens arrivent jusqu'à moi. Mes tympans semblent se déchirer. Je mets du temps à comprendre ce que dit la femme, ses mots flottent dans ma tête, je les observe comme des méduses.

Je me colle à la porte, fusil en main. Je pense au chien abattu, à ses chairs déchirées et chaudes. Mon cœur bat dans le bois de la porte.

J'ouvre la bouche, je suis un enfant essayant de parler pour la première fois. J'avais parlé ces derniers mois, mais tout haut, à moi-même et aux zombies. Parler à quelqu'un, c'est différent. Je suis terrifié. Que ça ne marche pas. Que ça marche. Que ça me lie à nouveau à une humanité à laquelle j'avais renoncé. Je suis perdu. Qu'est-ce que je suis censé faire ? Je demande :

— Qu'est-ce que vous voulez ?

Comme si c'était une voisine ou une vendeuse d'assurances. Quel idiot.

— Vous prendre un peu de sel.

Suit un petit rire. Ça me soulage qu'elle se moque.

Je pose ma main sur la poignée de la porte et je tire d'un coup sec comme on fait avec un sparadrap sur une blessure qu'on espère cicatrisée. Le visage de la femme m'effraye, j'ai l'impression qu'il est en plastique : trop lisse, régulier, symétrique, vierge de blessures, de croûtes et de pourriture.

Elle porte un sweat-shirt noir à capuche. Elle est habillée comme une ado, mais elle doit avoir trente ans, de taille moyenne, yeux fins et pupilles marron foncé noir, cheveux châtain-roux. Elle me sourit. Je ne bouge pas. Soudainement je sens un spasme dans mon estomac, une main me remue le ventre et remonte dans ma gorge. Je me précipite sur le balcon et je vomis. Les zombies se dirigent vers la flaque. Ils la piétinent et mettent leurs doigts dedans.

La femme entre, son pas est souple, elle laisse son sac à dos à côté du canapé-lit, avec naturel, on pourrait croire qu'elle revient de la salle de gym. Elle me regarde, les bras sur les hanches. Je range le fusil et le revolver dans le coffre sous le piano.

— Excusez-moi, dis-je, c'est un peu le bazar.

Ce n'est pas vrai. Ranger constitue un de mes exercices spirituels quotidiens. Mon lit est fait, un joli plaid écossais le recouvre. La vaisselle est propre, mon linge bien rangé dans le meuble à côté du piano. Mes chemises pendent sur des cintres accrochés à la tringle du rideau.

D'une voix éraillée, je lui propose un café. Elle me sourit et accepte.

Je prépare du café sur le petit réchaud à gaz. À son regard, je comprends qu'elle n'en a pas bu depuis longtemps. Ma main tremble en versant le liquide dans les tasses sur la table basse. Elle serre ses mains autour de sa tasse et elle sourit à nouveau. Est-ce qu'on est censés se jeter dans les bras l'un de l'autre et se réjouir bruyamment ?

On se présente et on se met à discuter. Ce n'est pas simple. L'humanité a disparu et pourtant il y a de la timidité entre nous. Mais ça me rassure qu'il reste ce malaise, ces hésitations, ces précautions. Que les événements n'aient pas fait disparaître nos appréhensions liées à la rencontre de l'autre. Nous nous racontons nos histoires.

25 juillet

C'est une nuit d'été qui me rappelle des nuits du passé où la douceur de l'air s'accordait à mon humeur. La porte-fenêtre est fermée, il fait moite. La flamme des bougies nous éclaire. J'ai préparé une infusion de camomille. Les feuilles jaunes se sont ouvertes et ont gonflé dans la cruche de verre jusqu'à remplir tout l'espace aqueux. Je nous sers.

Il y a des similitudes dans nos histoires et nos réactions, dans les moyens que nous avons mis en œuvre pour survivre.

Elle s'appelle Sara, elle a trente-deux ans (et le parfum de sa peau me fait tourner la tête). Dans son ancienne vie, elle était avocate dans une association d'aide aux victimes d'agressions sexuelles. Pour elle, tout a commencé par une tentative de suicide. Elle m'a résumé ses trente années de vie par un mot : angoisse. Elle vivait dans un océan anxiogène contrôlé par sa famille, ses amies et son ex (« Je n'arrivais pas à m'en débarrasser »). Elle désirait fuir. Elle sentait qu'elle était à bout et qu'il n'en fallait pas beaucoup pour qu'elle saute par la fenêtre. Elle s'était donc rendue à l'hôpital Saint-Louis, au service des urgences. Les néons trop jaunes et les odeurs de désinfectant et de sueur avaient failli lui faire rebrousser chemin. Il n'y avait pas foule cette nuit d'hiver. Trois clochards blessés dans une bagarre, des parents inquiets et leur petite fille à la cheville foulée (qui jouait à un jeu vidéo sans paraître souffrir le moins du monde). Quand la fille de l'accueil avait demandé à Sara pourquoi elle venait, elle avait répondu (avec un sourire de premier rendez-vous) qu'elle pensait se suicider.

La fille avait rigolé, s'était tournée vers deux jeunes internes pour leur faire partager cette blague. Sara avait frappé avec son index sur la vitre. En soupirant, la femme lui avait glissé le numéro d'un centre médico-social. Mais Sara ne voulait pas d'un numéro de téléphone, elle ne voulait pas d'un rendez-vous dans quinze jours. Elle voulait qu'on l'empêche de se tuer. Maintenant. Elle avait insisté et demandé à voir quelqu'un. Un des internes s'était approché et avait dit « Nous ne sommes pas là pour ça ». Il était reparti s'asseoir avec ses collègues, plein d'assurance, heureux d'avoir prononcé sa petite phrase définitive. Alors Sara avait pris le petit couteau avec un manche en corne qu'elle avait mis dans sa poche avant de sortir de chez elle et avait ouvert les veines de son poignet droit. Avant de s'évanouir, elle avait juste eu le temps de dire « Et pour ça ? », de voir le sang qui s'échappait de son bras sur le comptoir et les internes se précipiter vers elle.

On lui avait recousu les veines et on lui avait envoyé un psy. Idiot et moralisateur. Elle avait passé la nuit dans une chambre avec une femme âgée et toussante qui parlait de sa passion pour l'aquagym. On l'avait laissée repartir le lendemain matin avec des antidouleurs morphiniques et des anxiolytiques, ce qui avait semblé à Sara une prescription bizarre pour quelqu'un qui venait de tenter de se suicider. Mais elle était bien : les médicaments agissaient à merveille. Des fleurs s'ouvraient dans son cerveau (des fleurs amazoniennes). L'océan d'angoisse s'était asséché. Le médecin avait ajouté des antidépresseurs. Mais Sara savait que c'était de la merde. Elle avait déjà essayé, résultat : elle était ressortie avec son ex (« son symptôme », elle le savait, une expression de sa peur de l'engagement) et elle avait acheté une robe (rouge avec des points noirs, « une robe de coccinelle », impossible de sortir avec). Elle ne voulait pas retourner dans cette direction. Elle désirait la route, lente et semée d'embûches, d'une réforme d'elle-même, acquise pas à pas à force de ténacité. Elle avait jeté la boîte à la poubelle (« Ça finira dans les eaux de rivière, les poissons seront heureux »).

On lui avait noté le numéro d'un psy sur un papier mauve. Pourquoi pas, avait-elle pensé. Elle en avait essayé plusieurs par le passé, et ça n'avait rien donné. Mais elle aimait l'idée de la thérapie. Parler à un étranger, c'est une relation claire. Parler avec nos proches est toujours une chose malaisée, on ne s'écoute pas, les malentendus règnent, les jugements, les règlements de compte, les projections.

Elle était rentrée chez elle dans son deux-pièces du haut de la rue de Belleville, la tête embrumée, un gros pansement blanc autour du poignet droit qui recouvrait une partie de sa main. Elle avait pensé que ça lui faisait un gant de boxeur et elle avait mimé le geste de donner des coups dans l'air à un ennemi invisible. Sortir de l'hôpital, c'était une belle chose, la ville avait des reflets orangés, le soir s'annonçait sinon joyeux, au moins paisible et doux. Elle s'était dit qu'elle aimait sortir d'un hôpital, et que s'il ne fallait pas y rentrer avant ce serait un plaisir que d'en sortir souvent.

Elle s'était préparé une soupe de poireaux et de lentilles saupoudrée de curcuma (pour la couleur), elle s'était décidée à ne voir personne pendant quelques jours. Tant pis pour le travail, tant pis pour les amis et la famille. Elle avait enregistré une annonce sur le répondeur et éteint son portable, laissé un message sur sa boîte e-mail et un mot sur sa porte : *Ne déranger sous aucun prétexte*. Écrit en rouge, souligné deux fois.

Et personne ne l'avait dérangée. Personne n'y avait même pensé. Elle avait passé trois jours à dormir, à manger de la soupe, à écouter de la musique, fort, assez fort pour couvrir le bruit des voisins en train de fuir et de se faire massacrer. La nuit, elle avait mis des bouchons d'oreilles. Le cocktail de médicaments lui assurait une perpétuelle et douce ivresse. Elle se sentait bien, rassurée et calme. Plus rien ne lui semblait grave. Elle avait un peu augmenté les doses, et dès le premier soir, elle s'était accordé deux verres de vin à chaque repas. L'interaction avec les médicaments avaient produit de beaux effets, comme un feu d'artifice permanent.

Elle avait lu et dessiné. Elle s'était retrouvée. Avait pensé à la nouvelle orientation qu'elle voulait donner à son existence. Avocat était un métier qui lui plaisait. Elle gagnait mal sa vie, car elle travaillait pour une association qui était toujours au bord de la faillite. Son salaire arrivait en retard, et parfois amputé de moitié. Mais le véritable problème était qu'elle ne se réalisait pas. Les gens qu'elle recevait dans son petit bureau l'appréciaient (elle ne les appelait jamais des *victimes*, et d'ailleurs de temps en temps il y avait aussi des *coupables*, qui voulaient parler). Elle savait mettre en confiance. Elle préparait les audiences comme personne. Et ça portait ses fruits. Mais elle rêvait d'aventure. Qu'elle vivrait ou qu'elle inventerait elle ne savait pas vraiment. Elle s'imaginait un autre destin : dessiner, devenir prof, pâtissière dans un grand restaurant. Elle s'était fait la promesse de ne pas sortir de chez elle tant qu'elle ne saurait pas quoi. Il lui avait fallu trois jours pour enfin décider de l'aventure qu'elle désirait vivre. À force de questions et de méditation, à force de mélanges de vin et d'anxiolytiques, elle avait fini par oser se dire, tandis que la Mano Negra sortait des enceintes : « Qu'ils aillent tous se faire foutre ! » Elle l'avait répété à voix haute. Une rage nouvelle l'animait. Elle était confiante en l'avenir. Elle se sentait pleine d'énergie : elle allait se consacrer au thé, une de ses passions. Elle serait négociante et voyagerait dans le monde entier. Oui, c'était une bonne idée. Et puis, elle irait chercher ses pinceaux et ses crayons, sa boîte à aquarelle, perdus dans la cave.

Elle avait ouvert sa porte du sixième étage, ignorant que trois jours durant Paris et le reste du monde avaient été le théâtre d'affrontements sanglants. Elle comptait annoncer sa démission au bureau sans tarder. Elle avait imaginé la tête de ses collègues et de sa chef. Elle allait appeler ses parents et leur dire qu'elle ne partirait plus en vacances avec eux pour pacifier leurs rapports. Elle effacerait le numéro de son ex de son répertoire et ne le reverrait jamais. Elle couperait les ponts avec sa soi-disant meilleure amie qui essayait de la changer en une fille qu'elle n'était pas.

Ainsi quand Sara avait mis un pied hors de son appartement, ce matin-là, elle savait qu'elle commençait une nouvelle vie.

Elle fut surprise de découvrir des vêtements et des valises dans le couloir et les escaliers, les portes des appartements ouvertes.

Heureusement, elle n'était pas sortie de l'immeuble. Elle avait regardé par la fenêtre du couloir, entre le cinquième et le sixième étage. Il y avait des combats dans la rue. Elle avait vu des hommes tirer sur d'autres hommes, des hommes en manger d'autres. Elle était rentrée chez elle, elle avait fermé la porte à clé et s'était assise dans le canapé. Il y avait un problème. Il fallait qu'elle réagisse. Mais de quelle manière ? Elle ne savait pas. Les médicaments dans son corps l'empêchaient de paniquer. Elle ouvrit la fenêtre de son appartement. Elle avait bien regardé les affrontements et elle avait été sûre d'une chose : elle n'allait pas prendre parti. Ça ne la concernait pas.

Elle avait rempli son sac de barres de céréales et d'une bouteille d'eau, s'était habillée d'un jean noir, d'une chemise et d'une polaire à capuche, elle avait pris sa moon cup, sa trousse à médicaments et son téléphone portable, et elle était montée sur le toit. Ce n'est que lorsqu'elle écouta la radio sur son téléphone qu'elle apprit la vérité. D'après ce qu'elle entendait, d'après ce qu'elle voyait par la fenêtre, une chose était certaine : il valait mieux ne pas descendre. Elle passait donc de toit en toit, pénétrait dans les appartements pour se ravitailler en nourriture et en eau. Peu à peu, elle avait diminué les doses de médicaments. Comme on entre dans l'eau froide de l'océan, elle avait pris pied dans la nouvelle réalité avec précaution. Son acclimatation avait été facilitée par le fait qu'elle avait désiré changer de vie au moment même où la vie de l'humanité avait si radicalement changé (miracle : elle n'aurait pas besoin de se fâcher avec ses parents, de mettre de la distance avec sa meilleure amie, de cesser tout contact avec son ex). Elle avait commencé par les appeler « les monstres », mais ce nom les rendait encore plus effrayants. Elle avait fini par ne plus les désigner que par « ils » et « eux ». À force de les observer des toits dont elle avait fait son refuge, elle avait remarqué qu'ils n'avaient pas une grande habileté. Ainsi elle était restée en hauteur. Elle avait déniché une petite tente dans un appartement et elle dressait son bivouac en changeant chaque semaine de résidence.

Elle avait trouvé des revolvers. Elle avait eu l'occasion de s'en servir une fois. Les zombies occupaient les rues, et montaient dans les immeubles, mais ils n'y demeuraient pas. Il était rare d'en rencontrer à un étage élevé : ils chassaient à l'air libre. Un jour pourtant, Sara avait pénétré dans un appartement décoré de photos en noir et blanc et de sculptures qui ressemblaient à des insectes sans pattes. Elle avait dégainé son revolver quand elle avait entendu du bruit dans la chambre. Elle avait poussé la porte du pied. Un zombie était attaché sur le lit. L'homme avait été transformé pendant une séance sado-maso, les mains et les pieds liés aux barreaux, nu, le sexe flageolant battait contre ses cuisses. Il se débattait, tendait le cou en avant en direction de Sara, les yeux exorbités. Les menottes entaillaient ses poignets et Sara voyait le moment où il réussirait à *se couper les mains* pour se précipiter vers elle. Elle lui avait tiré une balle dans la poitrine. Sans effet. Elle avait à nouveau tiré trois balles dans le torse. Mais le zombie bougeait encore. Elle lui tira dans la tête et enfin il mourut. Désormais elle viserait directement la tête.

Il lui arrivait de sortir des immeubles, de traverser une rue ou un boulevard. Dans ce cas, elle faisait fondre un bêtabloquant sous sa langue. En lisant un livre d'automédication déniché dans la bibliothèque d'un appartement qu'elle avait visité, elle avait découvert leurs vertus. Cela lui permettait de garder son calme quand elle sortait. Elle marchait d'un pas rapide, mais sans agitation, entrait dans un bâtiment et montait les marches trois à trois pour se réfugier sur le toit. Car depuis le début, elle désirait avancer. Elle était douée pour ne pas se faire remarquer. Elle avait l'habitude d'être aux aguets et confrontée à la violence.

Si elle bougeait tout le temps c'est qu'elle cherchait d'autres survivants. Après des mois de quête, j'étais le premier qu'elle rencontrait. Elle m'observait depuis une semaine avec ses jumelles de l'autre côté de la rue.

Pendant que je me terrais, Sara avait vadrouillé. Elle avait appris à se déplacer parmi les zombies. Son esprit pratique lui avait permis d'élaborer un certain nombre de ruses pour leur échapper.

Elle me semblait être une fille timide et déterminée. Elle me plaisait bien.

Je lui ai parlé de ma vie, et tout de suite elle a tenu à voir mes livres. J'ai hésité. J'avais peur qu'elle me juge, qu'elle se moque et se révèle snob. Mais comme disait le professeur Inselberg : « Si vous voulez qu'on soit fier de votre travail, alors soyez vous-même fier de votre travail. » Elle a pris une pile de mes livres avec enthousiasme.

27 juillet

Au rythme auquel nous le buvons, il n'y aura plus de café à la fin de la semaine.

Sara est soulagée de se poser enfin quelque part. Soulagée surtout de voir qu'elle n'est pas la seule à avoir survécu. Elle n'a pas pleuré, pas manifesté d'émotion particulière. Sans doute l'isolement affectif des derniers mois nous a endurcis. Notre présence l'un pour l'autre est à la fois naturelle et surnaturelle. Nous nous entendons bien. La simplicité de nos rapports a quelque chose de magique. Je ne sais pas si elle est belle. Je la trouve magnifique et émouvante.

L'apparition de Sara n'est pas seulement source de bonheur. Je me découvre nerveux et angoissé. J'ai tendance à la suivre partout, à vouloir rester près d'elle.

— Il ne faut pas que l'on perde l'habitude d'exister l'un sans l'autre, m'a-t-elle dit. Nous allons bientôt sortir et il y a un risque que l'un de nous se fasse tuer. Alors l'autre devra continuer. Nous sommes liés, mais nous ne sommes pas une seule et même personne.

Je l'ai pris comme un rejet. Je suis allé sur le toit pour réfléchir et me calmer. À force de changer de lieu, de vadrouiller en ville, Sara a développé une autonomie qui me fait défaut. Je crois aussi qu'elle a été tellement marquée par ses difficultés à couper les liens avec son ex, qu'elle redoute tout nouvel attachement.

Elle a raison. Nous devons passer du temps seuls, ne pas trop nous reposer l'un sur l'autre.

Ce n'est pas simple. Mon corps est attiré par le sien. Pas uniquement sexuellement. Sara condense en elle tous les liens que l'on forme habituellement avec des dizaines de personnes. Elle est tout pour moi, je sais que ce n'est pas sain mais comment faire autrement ? C'est une femme et je n'ai pas fait l'amour depuis trois ans, c'est un être humain et je n'en ai pas vu depuis presque six mois.

Je m'oblige à ne pas la regarder à chaque instant, à ne pas la prendre dans mes bras au moindre prétexte, à ne pas la suivre comme un petit chien. Cela me demande une énergie considérable, mais peu à peu j'arrive à m'extraire de son champ magnétique. Ce sont des jours de souffrance. Je suis dépendant d'elle. Parfois je ne suis pas loin de croire que je suis en train de devenir fou. Je me force à aller sur le toit et à m'occuper du jardin. Je me suis remis à « fréquenter » Richard et Catia, à les chercher et à les suivre avec les jumelles, et à leur parler. C'est dire à quel point je suis atteint. Je nourris les oiseaux, j'écris, je range, je me promène dans les appartements. Je retrouve une certaine solitude.

La tension diminue. Je ne tombe plus dans une mini-dépression dès que Sara n'est pas dans mon champ de vision. Et puis, elle aussi éprouve le besoin de me toucher, toujours pour une bonne raison, elle me prend le bras, me serre l'épaule, nos mains entrent en contact quand nous faisons la vaisselle et je vois bien qu'elle insiste un peu plus longuement que nécessaire. Il y a un émerveillement entre nous dont nous ne nous lassons pas.

Ses cheveux bougent quand elle marche et, quand elle parle, de petites fossettes apparaissent au coin de sa bouche. Un être humain est une apparition extraordinaire, j'espère ne plus jamais l'oublier. Nous sommes des fantômes, irréels de notre réalité.

Le danger n'est pas l'unique raison de ma réticence à l'idée de sortir. Il y en a une autre, moins noble : j'ai peur que Sara rencontre d'autres gens (que je sois clair : d'autres hommes) et qu'elle m'abandonne. Mon statut de prisonnier conforte mes névroses et mes angoisses. Être cloîtré dans un appartement est finalement le rêve que j'avais chéri toute ma vie. Être cloîtré avec une femme est pour moi un idéal. Vivre en autarcie. Ce serait trop beau et ce serait de la folie. Nous devons sortir, pas pour trouver à manger, ni pour faire le plein de gaz et de bougies, mais d'abord et avant tout pour ne pas vivre en vase clos et lentement nous rendre fous et nous détruire.

29 juillet

J'imagine que nous coucherons un jour ensemble. Ça paraît logique. Les courbes de son corps et la douceur de ses sourires attisent mon désir. J'aime la manière dont ses cheveux attachés caressent sa nuque. C'est plus beau qu'un coucher de soleil. Je me découvre aussi sentimental que mes romans : je suis un de mes personnages, et j'ai enfin l'impression d'être moi-même.

Nous coucherons ensemble parce que nous sommes les deux derniers êtres humains alentour. Pour nous rappeler les sensations, voir ce que ça produira, si ça aura pour conséquence de renforcer notre position contre les zombies, d'affirmer notre différence, notre humanité. On fait l'amour pour sceller une alliance et lutter contre le reste du monde.

Nous avons pris un matelas dans un autre appartement et nous l'avons installé près du mien. Il y a des livres et une bouteille d'eau entre nous. Le soir, nous nous parlons de nos vies passées et de notre survie depuis les événements. Nous préparons les repas ensemble. Elle m'aide à récolter l'eau et à trouver de la nourriture. Il y a une évidence entre nous. Je ne pensais pas que ça

— Je ne crois pas en la fatalité, a-t-elle répondu, ses yeux doucement moqueurs.

La contradiction, quel bonheur. Ça m'avait manqué. Quelqu'un qui, enfin, n'est pas d'accord avec mes échafaudages intellectuels, trop bien dressés, trop architecturés. Le début de nos nuits commence par des discussions, éclairés à la bougie, entourés d'ombres mouvantes, comme des enfants autour d'un feu de camp. Et effectivement, c'est la noire forêt qui nous entoure. Nous aimons échanger nos théories, mais je sais que c'est avant tout un prétexte pour rester éveillés, se regarder, être ensemble le plus longtemps possible.

— À ton avis, est-ce que c'est vraiment une bonne chose qu'on ait survécu ? m'a-t-elle demandé un soir.

— Objectivement, ma situation est moins pathétique qu'avant.

— La mienne aussi.

On a éclaté de rire. C'est le retour de l'humour aussi, un feu qui nous réchauffe et nous protège. Quand nous plaisantons, j'ai l'impression que nous nous donnons mutuellement une énergie que les monstres dehors ne pourront jamais éteindre. Notre vie est intéressante car Sara et moi vivons sous le regard l'un de l'autre. Ça change tout. Mes journées ont retrouvé de l'épaisseur, une certaine onde charnelle.

Plutôt que de regretter le passé et de pleurer, acceptons la réalité. C'est notre monde et notre unique devoir est de l'aimer. Peu importe, s'il n'est pas aimable : nous l'aimons par stratégie, pour ne pas nous trouer l'estomac avec un ulcère. Je regrette de ne pas l'avoir compris des années avant : dans le chaos et les difficultés de la société, j'avais en fait un monde idéal car il n'y avait que celui-là.

— Tu n'as pas peur ? m'a demandé Sara un soir où nous regardions le manège des zombies en buvant du vin sur le balcon.

Je venais de lui présenter Richard et Catia (elle les avait salués avec une franche sympathie en agitant la main).

— Plus maintenant.

— Tu n'as pas peur d'eux parce que tu es enfermé dans cet appartement au troisième étage. Il en sera autrement quand tu marcheras parmi eux, quand tu seras en ville.

— Je ne vais pas sortir.

— Nous n'avons pas le choix. Il n'y a quasiment plus de gaz, ni de bougies. Et nous manquons de conserves de viande et de poisson.

Elle a raison et je n'aime pas ça. Je veux que l'on reste ici. Nous nous entendons bien, les zombies sont en bas de chez nous, et ils ne peuvent pas nous atteindre. Sara m'a dit de ne pas m'inquiéter. Je lui ai demandé si elle prenait toujours ses médicaments. Elle a sorti une trousse en tissu rouge et l'a agitée en souriant :

— Non, mais je garde des réserves au cas où. D'ailleurs il serait sage que tu t'entraînes.

J'ai rigolé. Mais elle était sérieuse. Selon elle, la monstruosité des zombies était telle qu'il était illusoire (pour l'instant) de sortir et de garder son calme. Sans aide, c'était la panique assurée. Et donc la mort. Nous finirons par nous habituer mais ça prendra des années. De sa trousse, Sara a tiré des bêtabloquants. Je lui fais confiance, elle a plus d'expérience que moi sur le sujet. Un peu d'entraînement ne serait pas superflu, je n'avais jamais pris de bêtabloquants, je ne savais pas comment j'allais réagir, et il vaudrait mieux que je ne m'en aperçoive pas face à des zombies.

Pendant une semaine, j'ai pris un demi-comprimé, puis je suis passé à un entier. La première fois, je me suis senti si bien que j'aurais laissé un zombie me dévorer. Le monde pouvait s'écrouler, je m'en moquais. Je me suis endormi. Il m'a fallu quelques jours pour gérer les manifestations de la drogue dans mon cerveau, ne pas me laisser aller, mais profiter de la réassurance pour agir calmement et en toute conscience.

Nous nous sommes entraînés à marcher, à éviter des coups, manier une arme, à garder la pose pendant de longues minutes. Les bêtabloquants changeaient mon rapport au monde, je devais réapprendre ma gestuelle et la façon de bouger mon corps. Mon cœur bat lentement, ma vue devient claire, je me concentre et je ne m'éloigne pas de mon objectif.

J'ai appris à Sara à leur tirer à l'endroit exact de leur crâne qui entraîne leur mort.

Sara m'a appris à les désorienter. Ils nous repèrent grâce au bruit, aux odeurs, à la vue. Elle a envoyé un de mes T-shirts sales aux zombies. Ils s'en sont approchés comme si c'était un gâteau irrésistible. Elle a envoyé un autre de mes vêtements, cette fois-ci recouvert de poivre et de parfum. Les zombies n'ont montré aucun intérêt. Nous aurons des leurres quand nous sortirons : des tissus imprégnés de notre odeur que nous jetterons au loin si les zombies s'approchent de nous. Nous serons parfumés pour masquer les émanations de nos phéromones. Il faudra mettre des baskets, éviter que les objets dans nos poches et nos sacs ne s'entrechoquent et fassent du bruit.

Nous observons la manière dont les zombies se déplacent. Nous notons tous les trucs dans un cahier. C'est notre guide de survie.

— Nous avons de la chance, ai-je dit. Ils n'apprennent pas de leurs erreurs. On peut leur jouer les mêmes tours sans qu'ils trouvent de parade.

— Ils n'apprennent pas *pour l'instant*, a dit Sara.

Notre ennemi, c'est la trop grande confiance en la connaissance que nous avons de notre ennemi. Il faut nous attendre à des surprises.

Nous avons renforcé nos vêtements. Cousu des doublures dans nos pantalons et sur nos vestes, nettoyé et rechargé nos armes. Nous sommes prêts. Autant qu'on peut l'être.

1er août

Une petite bonbonne de gaz, trois bougies, un paquet de déca, du thé en sachet (à jeter, donc, selon Sara), de la nourriture pour quatre-cinq jours : les réserves sont vides.

Je retrouve Sara qui lit sur le toit (un de mes livres ! *La Théorie des amoureux solubles*), en short en jean et chemisier, des traces blanches de crème solaire sur les jambes. Elle est pieds nus, les yeux cachés derrière des lunettes de soleil, ses cheveux auburn couvrent ses épaules. Je ressens une secousse de désir. Je m'arrête un instant, j'essaye de ne pas rester fixé sur ses formes. Je m'accroupis à côté d'elle et je lui dis que je suis prêt à sortir. Elle relève ses lunettes de soleil sur son front et hoche la tête.

Nous fixons notre départ à ce lundi. Sans doute parce que nous savons que nous allons quitter l'appartement, nous nous autorisons enfin à faire l'amour. En tout cas à en mimer les gestes. Cela vient naturellement, comme une tension qui s'en va. Elle se glisse dans mon lit, nous nous embrassons, nous nous caressons. Au bout d'un quart d'heure une érection arrive. Sara prend mon sexe dans sa main et l'introduit en elle. Je ne bouge pas, elle non plus. Nous restons emboîtés plusieurs minutes, chaudes, moites et heureuses. Je ne jouis pas, et peu à peu mon sexe se dégonfle. Nous nous endormons l'un contre l'autre.

Ce soir, le soleil se couche en bavant une peinture orange dans le ciel. Sara et moi prenons un verre de vin sur le balcon. Une vingtaine de zombies grogne en bas. Plus loin sur le boulevard, des dizaines d'autres marchent au ralenti. Je pensais qu'ils étaient nos ennemis. Sara a une autre vision des choses :

— Ce sont nos prédateurs.

En effet, nous sommes du bétail pour eux, pas des adversaires. Nous ne sommes pas à égalité. Ça invite à l'humilité.

Difficile d'imaginer que deux êtres chétifs et scotchés à leur ordinateur toute la journée avaient la capacité de s'en sortir. Et pourtant nous sommes là, vivants, alors que les autres sont morts. Pour qui est habitué à imaginer des intrigues, à créer des personnages, la survie est chose plus aisée, car c'est déjà son quotidien : faire survivre des êtres de papier et leur donner une existence qui vaille la peine. Quant à Sara, elle aidait les autres, et les défendait. Elle a été confrontée aux blessures du corps et de l'âme, elle a rencontré des criminels et leurs victimes. Elle avait l'intuition toujours en éveil. Même si nous n'en sommes pas conscients, nous avons en nous des savoirs et des ruses qui vont nous aider à continuer à survivre. Nous avons en nous quelque chose de solide, d'assuré et de malin. Ces talents cachés nous serviront quand nous aurons quitté l'appartement.

Des millions de chats guettent les deux souris grises. Il va être temps de se faufiler : nous voulons du fromage.

3 août

Lundi matin, neuf heures. Je fais une croix rouge sur le calendrier. Notre objectif : nous ravitailler. Il y a un Monoprix sur le boulevard, un peu à l'ouest. J'y étais déjà passé avant les événements pour acheter une bouteille de vin en allant à une soirée.

Nous nous habillons avec nos vêtements renforcés. Nous ne parlons pas, chacun sait ce qu'il a à faire. Nous prenons un sac à dos et une sacoche en bandoulière garnis d'une bouteille d'eau et d'une lampe à dynamo (nous ne savons pas combien de temps durera l'expédition, et il faudra nous éclairer dans les endroits sans fenêtres). Sara me glisse un comprimé de bêtabloquant dans la bouche.

Nous montons sur le toit. Le vent souffle dans nos cheveux. Nous sautons sur le toit de l'immeuble voisin. Le ciel bleu profond me donne la sensation d'habiter un monde de beauté. Le bonheur est là, il a repris sa place dans mon regard. Je tâche de garder les yeux loin du vide. Nous marchons à vive allure, nous avons un but. Nous enchaînons les immeubles. Après dix minutes de course, nous atteignons celui dont le rez-de-chaussée abrite le supermarché.

Sara force la porte du toit avec une barre de fer. Nous descendons, fusil et lampe en avant. Huit étages. Les semelles souples de nos chaussures empêchent nos pas de résonner. Ce n'est pas un immeuble d'habitation, mais de bureaux et d'entrepôts. Arrivés en bas, nous sommes face à une large porte marron.

Qu'allons-nous découvrir ?

Je la pousse avec une précaution infinie, l'oreille tendue. La voie est libre : un couloir d'une trentaine de mètres de long, avec, au quart du chemin, sur le côté droit, une porte grande ouverte donnant sur une cour. Je passe en premier, je penche la tête à l'extérieur : des camions garés, des cartons au sol, en désordre. C'est par là que se faisaient les livraisons. Je ferme la porte pour éviter que des zombies ne nous prennent à revers. Nous continuons notre progression dans le couloir. Du fait de l'obscurité et de notre arrivée imminente dans le supermarché, une tension est là. Arrivés au bout, nous ne bougeons pas pendant une minute, aux aguets, les sens en éveil. Je passe la tête par l'entrebâillement. C'est calme. Les rayons s'étalent dans la pénombre. Impossible de savoir si l'endroit est sûr. Nous entrons.

Les zombies se précipiteront sur nous si nous paniquons. Nous pourrons en tuer quelques-uns, mais rapidement le nombre nous submergera. Avec un peu de chance, nous pourrons fuir.

Je peux compter sur Sara pour me couvrir. Et je serai là pour elle. Nous nous sommes promis de ne pas risquer de mourir pour sauver l'autre, mais je sais que nous ne tiendrons pas cette promesse. Il est inenvisageable de continuer à vivre si l'autre n'est plus là. Je vais veiller à rester en vie, car je ne veux pas que Sara meure à cause de ma mort.

Il fait plutôt clair. Une voiture est passée par la vitrine couverte d'affiches pour des promotions. Le squelette du conducteur s'étale sur le volant. Grâce à cette percée, la lumière du jour éclaire le supermarché. Nous avançons et nous faisons le tour des rayons, encore entièrement garnis. À certains endroits des boîtes de conserve et des paquets traînent par terre. Sara s'arrête, et recule de deux pas. Je la prends dans mes bras. C'est un squelette sur lequel sont encore accrochés des vêtements et des cheveux. Nous en trouvons six autres. Des hommes et des femmes écrasés dans la panique des débuts, et qui ont eu la chance ainsi de n'être pas transformés en créatures.

Un trottinement, du mouvement. Sara me fait signe de ne plus bouger. Mon cœur n'accélère pas, je suis prêt, je ne panique pas, je me prépare à retourner là d'où nous venons et à monter les huit étages quatre à quatre. Des pas rapides, comme ceux d'une bande d'enfants. Trop rapides pour être ceux de zombies.

Un chien apparaît, puis deux, trois, quatre, cinq. Des bâtards et des chiens de race, un lévrier roux semble être le meneur de la meute. Il grogne. Nous restons immobiles. En plus des fusils et du revolver, nous avons pris des armes blanches et des sprays au poivre. Nous glissons une main vers nos armes, Sara sort un long couteau et moi le spray. Le lévrier montre les crocs, il avance en grognant. Sara et moi levons nos mains armées. C'est un rapport de force. Notre calme impressionne l'animal. Il baisse la tête, et la tourne. Il s'en va, suivi des autres chiens. Les zombies ne sont pas le seul danger.

Nous ouvrons nos sacs, le répit ne durera pas, nous faisons le tour des rayons : bougies, savon, dentifrice, alcool à 90°, boîtes de sardines et de thon, pâtés, conserves de fruits et de légumes, fruits secs. Plusieurs voyages seront nécessaires. Nous quadrillons le supermarché de long en large. Des animaux ont éventré les paquets de chips, le rayon boucherie a été dévoré. Derrière les vitres des frigos et congélateurs, les légumes surgelés et les plats préparés ont moisi à un point tel qu'ils sont recouverts de champignons filandreux et mousseux comme de la laine.

Dans le rayon peinture, nous prenons chacun une bombe et nous écrivons un message sur le sol et sur le mur : « Nous sommes vivants. » Nous notons la localisation de notre immeuble et nos noms. Nous voulons trouver d'autres êtres humains. Après notre propre survie, c'est notre but. Nous nous dépêchons de rentrer. Les sacs sont lourds, nous arrivons épuisés. Il y a de quoi tenir quinze jours.

Nous faisons un deuxième voyage pour rapporter davantage de nourriture. Mais au moment d'entrer dans le supermarché, j'entends un murmure. J'entrebâille la porte : des zombies. Nous les observons, ils attendent comme des statues de cire. Nous partons doucement. À l'avenir, ça sera une règle : ne jamais revenir sur un lieu déjà visité.

8 août

Désormais il n'y a pas un jour où nous ne sortons pas. Nous visitons les immeubles mitoyens, nous embarquons tout ce qui se mange et se boit. Je commence à acquérir une vraie familiarité avec l'extérieur. Je m'y sens à l'aise. Nous laissons notre message sur les murs et les toits : « Nous sommes vivants. » Nous avons fait de brèves incursions dans la rue, et j'ai retrouvé le sentiment d'être libre. Les zombies sont des ombres. La prudence était notre règle, c'est devenu notre art. Des toits des autres immeubles, nous avons observé des parties de la ville que nous n'avions pas vues jusqu'à présent. Rien de nouveau : Paris est désert et abîmé. C'est une ville fantôme.

Nous en avons discuté avec Sara, ça nous paraît une évidence : nous n'allons pas rester dans cette ville morte. Bien sûr, on pourrait y survivre. Mais à quoi bon ? Nous préparons nos sacs pour partir, un jour ou l'autre. Nous avons affiché une carte dans le salon. Nous irons vers l'ouest, puis vers le sud. Nous irons à la rencontre des autres survivants.

serait si simple de vivre avec quelqu'un après la folie des derniers mois.

Je suis en train de tomber amoureux. *Je ne la connais que depuis quelques jours et je tombe déjà amoureux.* Question : est-ce que je tombe amoureux d'elle parce qu'elle est la seule femme accessible ? Nous nous entendons, mais la base de notre entente est-elle une véritable connivence ou est-elle liée à notre position ? Je crois que tout est emmêlé. Nous ne nous entendons pas parce que nous sommes seuls, mais parce que nous sommes des survivants. C'est un point commun majeur, qui révèle quelque chose de notre histoire et de notre rapport au monde et aux autres. Il n'y a pas de hasard. Nous étions habitués à être en minorité, nous étions des survivants avant que les zombies massacrent l'humanité.

J'essaie de l'impressionner, de la faire rire, et de lui montrer mes talents culinaires. Je mets plus de soin à m'habiller, à me laver, à me coiffer. Sara, elle, s'est épilée, elle change de coiffure et s'habille avec des vêtements dénichés dans les appartements de l'immeuble.

La réserve de café n'est pas la seule à fondre à vue d'œil : les bougies aussi. Nous passons des soirées à partager nos réflexions sur les zombies. Ils sont nos ennemis autant que notre objet d'étude. Ce que je pensais en moi, et pour moi seul, prend un autre relief quand je l'explique à Sara.

— Il était temps de s'arrêter, ai-je dit devant un dîner sous forme de plateau-repas (sardines en boîte, haricots rouges, biscottes, compote de pêche) sur la table basse entre nos deux lits. Les époques empilées les unes sur les autres, sans que l'on ait le temps de les digérer, de les comprendre. Ça devait craquer. C'était inévitable.

Je retourne sur le toit de l'immeuble. Les étoiles n'ont jamais été aussi visibles et fortes. Le ciel est magnifique, la nuit est claire et douce.

Je me le dis maintenant sans que mon cœur se serre : c'est la fin du monde. Quel que soit l'endroit où je regarde tout me conduit à ce constat. Il est impossible d'inverser le processus. C'est la fin du monde, ou plutôt du monde tel que nous le connaissions, tel que nous l'avions domestiqué et vaincu.

Mon état d'esprit est troublant car je n'ai jamais été aussi calme. C'est le sentiment d'une incroyable félicité qui domine en moi. Du haut du toit, je regarde la ville abandonnée et mon cœur bat lentement, mes muscles sont relâchés. Je suis apaisé.

Il y a eu des étapes. J'ai d'abord été épouvanté, déprimé, incapable de quitter le canapé, prostré, au bord du suicide. Mais j'ai passé ces examens, j'ai survécu. Et ça en valait la peine.

Les zombies se sont emparés du monde sans aucune stratégie autre que la satisfaction de leurs instincts. Quelle leçon donnée aux hommes, en particulier aux politiques et aux militaires, spécialistes des coups, des ruses et de l'organisation. C'est la rage meurtrière qui a vaincu, le désir de se nourrir et d'occuper l'espace. Des notions primaires et efficaces. Peut-être que si nous avions gardé ce lien avec nos propres élans vitaux, peut-être que si nos désirs n'avaient pas été captés par des choses dérisoires, si nos passions ne s'étaient pas nichées dans des objets de consommation, des voitures, des appareils électroniques et des vêtements, alors nous aurions eu assez de cran et de ruse pour résister, et nous sauver.

180

Les arrogantes certitudes de notre espèce ont permis à un ennemi inattendu de nous renvoyer à la préhistoire. Il n'y a pas eu de lente catastrophe, de délitement, de pourrissement. Notre monde est tombé sous la coupe des zombies en un clignement de paupière.

La nature a mis du temps avant de nous concocter un adversaire à notre mesure. Les tigres à dents de sabre, la peste, la grippe, le sida n'avaient pas réussi à nous anéantir. Finalement, la nature nous a éliminés à l'aide de versions monstrueuses de nous-mêmes. J'ai toujours su que les hommes disparaîtraient sous un ciel ironique. Et puis, il faut le dire : les morts-vivants sont plus civilisés que nous. L'air est moins pollué, les animaux respectés.

Je ne crois pas qu'un homme nouveau naîtra. Ce serait une illusion de le croire : nous restons une menace pour nous-mêmes, nous sommes pleins de désirs et de violence. Simplement nous avons, inscrite en nous, la conscience d'une adversité éminente, nous savons qu'existent des êtres qui nous battront toujours sur le terrain du désir et de la violence.

Pendant quelques siècles, tant que les zombies seront là, l'humanité aura une place qui lui permettra de se survivre. Car en définitive je sais que les zombies nous protègent de nous-mêmes : nous ne nous massacrerons plus entre nous tant que nous avons un ennemi commun. Plus besoin de communistes, de Juifs, d'Arabes, d'ennemis préfabriqués. Après ? On verra. Peut-être qu'il faudra leur inventer des successeurs.

Ça ne fait aucun doute : en tant qu'espèce, nous nous en sortirons. Les premiers hommes à avoir vu du feu ont dû être effrayés. Mais peu à peu, on s'est habitués. On a appris la prudence, à ne pas se brûler, à ne pas déclencher d'incendie, et on a compris qu'on pouvait utiliser les flammes. Nous ne pouvons vaincre les zombies. Nous pouvons seulement vaincre la peur qu'ils nous inspirent. Les zombies sont une force inaliénable dont nous nous servirons pour notre bénéfice : devenir des êtres un peu meilleurs. Ils sont le feu qui nous permettra de créer une civilisation humble, et belle de sa fragilité.

Je vais retrouver Sara sur le toit. En ce qui me concerne, je suis sauvé. Plus rien ne pourra me tuer.

Postface

Les livres d'horreur sont les vrais livres réalistes. *Frankenstein, Le Fantôme de l'Opéra, The Shining, Je suis une légende,* donnent d'exactes descriptions des tourments de l'âme. Ils nous renseignent davantage sur la nature humaine que n'importe quel livre naturaliste plat et ennuyeux. La littérature de genre permet de le faire sans euphémisme.

Mais le grand intérêt de la littérature de genre n'est pas seulement anthropologique. Il tient aussi au fait que nous avons un plaisir immense à nous y plonger. Elle prolonge la tradition des mythes, des contes et de la littérature classique en se mêlant à la modernité.

La plupart des êtres humains m'apparaissent comme des monstres. Les zombies, les loup-garous, les vampires, ne sont pas des légendes. Ce sont des êtres réels que nous croisons tous les jours. Nous sommes monstrueux. C'est un fait. Mais nous aussi sommes doués de pouvoirs magiques, et de forces incroyables pour, si nous le désirons, faire le bien.

Quand on écrit un livre de genre, on sait qu'on n'aura aucune reconnaissance intellectuelle. Au mieux, on sera ignoré. Souvent on sera méprisé. Ce dédain est aussi ce qui permet à cette littérature de se développer et de s'enrichir. Elle avance sans chercher les bons points et les félicitations. Elle est libre. Ce silence n'est pas simple, ce sont des coups et des blessures, mais ça donne des livres passionnants et pérennes.

Je n'avais pas prévu d'écrire un livre d'horreur. Je m'y suis mis parce que je me posais des questions, sur ma place, sur ce que je voulais. C'était une période trouble pour une autre raison : je vivais alors un moment de crise intérieure. J'ai toujours été doué pour les angoisses. Mais là, elles me perçaient le ventre d'une douleur nouvelle, et je n'en pouvais plus. J'étais prisonnier comme le héros de ce roman. Le parcours du personnage principal est le mien, chapitre après chapitre. C'est un livre intime. Je m'y expose. J'y exprime ma colère et ma violence. Ce livre a été une catharsis. C'était un plaisir d'affronter la mort et de régler des comptes. Je me réinventais, j'entrais directement dans la bataille contre mes angoisses en les transformant en zombies. Et quel plaisir de porter le costume et de reprendre les codes d'une tradition qui m'a formé. Adolescent, les romans de science-fiction et d'horreur étaient mes grandes lectures. J'étais membre du club Science-fiction de mon collège. C'est ici tout autant que dans la littérature classique que je me suis construit. L'université invisible des écrivains est un bazar dont la seule logique est celle de nos curiosités affamées et de la lutte contre nos angoisses.

Pit Agarmen est l'anagramme de Martin Page. C'est donc aussi mon nom, mais quelque chose a changé. C'est moi et pas moi, et ce « pas moi » est moi aussi parce qu'il révèle quelque chose qui n'a pas été poli par la comédie sociale avec laquelle chaque être humain doit se débrouiller. Nous nous forgeons tous un masque pour vivre en société. Alors mettre un masque sur ce masque est une manière de s'en libérer. Pour être soi, il faut être deux. Le pseudonyme est source de fertilité et de reflexivité.

Un des patrons de la maison d'édition a voulu que l'on révèle en quatrième de couverture que ce livre était écrit sous pseudonyme. Alors bien sûr, rapidement, Pit Agarmen a été identifié. C'est devenu un pseudonyme ouvert et ce n'est pas plus mal. Le secret n'existe pas. Il y a toujours une poignée de happy few au courant. Alors autant que tout le monde le soit. Et puis, c'est une tradition : Joyce Carol Oates, John Banville, Jean Giraud ont procédé ainsi.

Les frontières entre genres m'agacent. Comme je reprends des éléments de culture populaire dans mes livres en littérature blanche, je reprends l'héritage classique et je l'intègre dans la littérature de genre. Beaucoup d'auteurs font ça. Je me rappelle avoir découvert la poésie anglaise (Percy Shelly et Byron) grâce à un roman de Brian Aldiss. Le mélange du populaire et du savant, du sacré et du profane, tout ça ne peut être que profitable pour les écrivains et les lecteurs. C'est pour cette raison que je vais poursuivre la route avec Pit Agarmen. C'est ma part punk, violente, en colère, et idéaliste.

Pour tout dire, la publication de ce livre a été une sacrée aventure (le manuscrit a été rejeté par trois maisons d'édition, dont une spécialisée dans le genre, un éditeur a même eu la présence d'esprit de refuser mon livre après que je lui ai annoncé qu'il allait être publié par les éditions Robert Laffont), heureusement j'ai reçu des soutiens, de la part d'écrivains (merci Ayerdhal, merci Christophe

Carpentier), d'Audrey (une éditrice), de Jeanne Barzilaï, mon éditrice, d'Antoine Caro, directeur éditorial de R.L. Je suis heureux de poursuivre la route, un nouveau roman de Pit Agarmen sort bientôt.

Bonne lecture à toutes et à tous. Je vous souhaite d'être déterminés et doux pour affronter les monstres intérieurs et extérieurs. N'oubliez pas une chose : le monde est à nous.

Lahti (Finlande), juin 2013

Martin Page

Remerciements

Merci à Erin, d'être dans ma vie et de la rendre si belle, merci d'avoir eu la patience de lire plusieurs fois ce roman et de l'avoir éclairé. Merci à ma meilleure amie, Adèle, petite sœur sensible et joyeuse, toujours là en cas de coups durs, merci d'être une si impeccable déesse de la Grammaire.

Merci à Lady Stardust et à Q. pour cette soirée où une chose importante s'est décidée. Merci à Marc Hou, pour la ligne d'urgence, merci à D. pour nos échanges sur le zen et sur la littérature, merci à Anne B. de me soutenir encore et toujours.

Merci à Anne et Guillaume qui m'ont offert un refuge dans la Meritullinkatu (Helsinki), le temps de corriger les épreuves et de reprendre des forces. Votre soutien m'a été précieux.

Merci à mes amis, à mon frère, à ma mère, restés au pays, dont l'exemple et l'existence m'inspirent et me donnent de l'énergie. On se voit moins, mais l'espace et le temps ne sont rien. Merci à mes fantômes de m'accompagner. Les morts sont là et leur compagnie est douce.

Merci à Jeanne, mon éditrice, délicate et déterminée. Merci aussi à toute l'équipe des Éditions Robert Laffont.

Merci à Y. et merci à Audrey pour leur lecture et leurs conseils.

Merci à Jimmy Montrose, compagnon d'aventures, pour les petits déjeuners dans notre antre du *Zazen Shooting Club*.

Merci à Chris, l'archange du *fight spirit*, jamais à court d'énergie. Pour le punk, les conseils, l'amitié, et ce qui nous rapproche : la cohabitation dans notre cœur d'une grande violence et d'une extrême douceur. Se battre et ne jamais abandonner la tendresse.

Merci à tous ceux qui forment la voie lactée des belles rencontres.

Du haut de sa tombe, je voudrais saluer Mary Shelley, la plus belle d'entre les plus belles, celle qui a donné à la littérature la possibilité de quitter les rails et de partir à l'aventure. Sans *The Last Man*, ce livre n'existerait pas.

Et comme le disait un grand ancien : toutes les histoires sont des histoires d'amour.

www.pitagarmen.com
www.martin-page.com

10808

Composition
NORD COMPO

*Achevé d'imprimer en Espagne
par* CPI (Barcelone)
Le 20 juillet 2014.

Dépôt légal : juillet 2014.
EAN 9782290073193
OTP L21EPLN001447N001

ÉDITIONS J'AI LU
87, quai Panhard-et-Levassor, 75013 Paris
Diffusion France et étranger : Flammarion